未定之秋

赵鲲 著

THE
UNDEFINED
AUTUMN

长江出版传媒
长江文艺出版社

图书在版编目（ＣＩＰ）数据

未定之秋 / 赵鲲著.-- 武汉：长江文艺出版社，
2020.8
ISBN 978-7-5702-1651-2

Ⅰ.①未… Ⅱ.①赵… Ⅲ.①诗集－中国－当代
Ⅳ.①I227

中国版本图书馆 CIP 数据核字（2020）第 094311 号

责任编辑：谈　骁　　　　　　责任校对：毛　娟
封面设计：庄　繁　　　　　　责任印制：邱　莉　　王光兴

出版：长江出版传媒　　长江文艺出版社

地址：武汉市雄楚大街 268 号　　　邮编：430070
发行：长江文艺出版社
http://www.cjlap.com
印刷：武汉市籍缘印刷厂

开本：787 毫米×1092 毫米　　1/32　　印张：5.125　　插页：2 页
版次：2020 年 8 月第 1 版　　　2020 年 8 月第 1 次印刷
行数：3049 行

定价：39.00 元

在等待它的时候，我便写作。

——赫尔岑《往事与随想》

自　序

　　2016 年，我出版了第一部诗集《待春风》，三年来，我又陆续写下近百首诗和一部两万多字的"诗话"，我觉得它们可以构成另一部诗集了。我为这部诗集取名为"未定之秋"——它是对我个人生活状态的描摹。

　　细心的读者告诉我：他们从《待春风》中读出了作者从青少年到迈入中年的心路历程。没错，我就是这样在诗歌中隐隐约约地披露着自己，《未定之秋》依然如故，它记载着我对世相的观察、我的生活和梦魇、我对历史悲剧的一再的叹息和沉思（从历史人物到整体的历史感），它们像烟雾一样翻滚在我的胸中——有时，那种个人在现实、历史的交叠中的焦灼感、"撕裂感"（借用我的学生、诗人魏全明的评语），几乎达到了重摇滚的主唱或吉他手的情绪。

　　21 世纪之后，诗人在剧院里、在广场上、在工厂里高吟诗歌，激起人群热切的浪花的日子，已成遥远的历史。古典中国文士在诗酒文会上浅斟低唱的文化生活也一去不复返矣。而今真正的诗人，大抵只能独居书房，敲打键盘，写下自己隐秘的心声。人类文学的音强在持续减弱。我们都像土拨鼠，抑或是庄子笔下翱翔于蓬蒿之间的斥鴳。这是一个文化英雄退隐的时代。然而，锲而不舍的、把文学视为人类奋斗事业的一股永恒力量的创作，就是对人类精神力量的一种笃定的信念。在奥斯维辛之后，诗仍旧要写下去。因为奥斯维辛以来，人类的悲剧并未终止；美，也从未停止对我们的安慰。

我会时常念及诗的意义问题。关于诗思、诗情、诗艺，从去年4月到今年3月，我用"诗话"的形式，写下了一些我的诗学见解、创作体会，命名为"北冥诗话"。它将有助于读者了解我的诗歌。

前些日子，我又忽地想起《待春风》出版后，2017年3月某日，《天水晚报》记者马楠对我做的一个专访，这是一次认真的访谈，也是我目前唯一的一个专访。虽内容不多，但话题围绕着诗歌，我觉得将此文编入我的第二部诗集中，可以使其内涵更丰富。

有个小故事。因为我给外地的师友邮寄《待春风》，结识了顺丰快递小哥王文剑，我的很多书都经他之手到达朋友手中。一日，我想到这个冲寒冒暑、镇日奔走的兄弟，想到他电话里的声音——"好的，赵老师，我等会儿就来"，还有他憨厚的笑容，便想：诗集不能只给文人读，这位兄弟把我的诗集接来送去，但我没问他想不想要一本。他会作何感想？于是，我就给王文剑送了一本《待春风》。过了些日子，一天，我收到王文剑的一则微信，他说："赵老师，读你的诗觉得很舒服，就像阳光透过树林的叶子照射下来的感觉。"——我被这位快递小哥的评语打动了！一个诗人能得到如此美好的评语，足矣。

愿诗歌永远照耀我们。

2019 年 7 月 22 日

目　录

卷　一
现　代　诗

等 待

中午时分
我离开城市，走上山坡
市声像一条淡淡的大河
红尘滚滚
生活，如同裂帛

我在世界的废墟上，坐下
看见土块正在下沉
芳草自碧，年轻而古老
风，吹来遥远的气息
尤耶亚科火山正在冒烟，缕缕如线
天大、地大，吞没了人类的历史
飞鸟越空——
我不知道这漫长的等待
何时才是尽头……

2018. 3. 28

哀悼大地震

愿亡灵升入高高的天空
到比海啸更高阔的云朵上去

愿神社中的大君庇佑
众人皆有临难不惧的勇毅

愿逃难的人群如姐妹兄弟
听得见那春鸟般的哭泣

愿天地终结时，事不与愿违
樱花遍开在春天的原隰

2011.4.23

舌尖上的生活

从晨昏到日暮，每刻
都有舌头搅拌的巨大轰响
从皇帝到乞丐，每个人
都有无比发达的味觉

吃掉龙肝，吃掉野草，吃掉月亮
吃掉无所事事的夜晚
吃掉良心，吃掉历史，吃掉卑微
喝干泪水，喝光陶醉

咀嚼酒瓶，咬碎收银台
吞咽孤独，撕烂睡眠
吃掉这雾霾，吃掉汽车放的屁
兄弟们，请满饮这杯手机牌毒酒

……还有什么？
……嗯，还有，吃掉自己

——对，你一定要吃掉你自己

2016. 4. 20，2017. 3. 6

林和靖

不摧埋刚肠
又能怎样?
不栖身湖山
又能怎样?
不厮守,不垂泪
二十年足不及城市
至死不写颂圣文
不如此,又能怎样?
不以梅花为妻
不以鹤为子、为爱、为命
又能怎样?

2016. 9. 20

中　年

年来常惊觉自己已很少唱歌
穿行于人群，或在居室独坐
双唇紧闭，只感到阵阵话语
像山中的辛夷花纷纷开且落

有时凝视着天真嬉戏的儿子
仿佛看穿了他的一生——无忧的
时光似晨花上的露珠，无法抗拒
造化给所有人设计好的程序

结束铅华尚早，真实的是郁勃不平
在扩大。时常望着忽隐忽现的人群
我因目光的深深凝聚而倾向于爆炸

前人的教训无数，我们依旧痴傻
力量卑微，贪吝自私，却放佚浪费
我不禁鄙夷人类，也嘲笑着自己

2017. 2. 18

春 雪

一场春雪
将昨夜的梦洗白
整个世界
仿佛安上了消音器

望着遥迢的山河
你，坐下来
那茫茫的雪雾
一边下沉，一边离去……

2017. 2. 21

春 雪

借来的雨鞋都湿透了

雪深及膝

我们已步行三小时

仿佛走了三十年

背包里的汽油

像石块一样沉重

山上断水，断电

我们必须把这些石块背上去

我们一边艰难举步，一边说话

那些话语刚从唇间飘出，就被

雪地里伸出的无形的手抓进雪中

世界以惊人的速度简化了

这春雪的山间

我只看见两种颜色

——覆盖一切的雪的洁白

和没有被雪完全覆盖的树枝的黑

许多高大的雪松、柳树和野核桃树

都被雪压断了树枝

倒伏下来，横在雪中

没有留下任何遗言

是的，雪松也被大雪压倒了
那看似轻灵的雪花
把高大的树枝、树干、电线杆、电磁波
以及人类的骄傲统统拦腰压断
当我走到一片或站或倒的雪松附近
朝前望去——茫茫雪雾，弥天漫地
仿佛任何走入其中的人都会被裹挟，并消失
仿佛那是史前时期的精灵世界
也许，有一只神龙正在朝白矮星喷火

我，站在雪地里
面对压倒一切的白茫茫的天地
不知向右，还是向左？
感觉人类
无非是一场酝酿已久的大雪
万物都将沉埋
——何况我辈？
我浑身僵冷，双眼温热而迷茫
不知这场暴雪将把我们带向何方？

2017. 3. 14

倒春寒

三月，一场暴雪降临

让初春的气氛骤然变色

如同人群中突然站起一个奇人

变得像云团一样庞大

——倒春寒，它俨然是我们的星象

这雄伟的喜剧，这滑落的灾难

这乳白色的春草一样疯长的清词丽句

而我们，并没有跨过任何界限

我们只是在太空中漫游的气流

被风吹成碎片，坠入幽深的山谷

那些山谷，像巨大的嘴

把白色的雾气吸进去

又吐出来，仿佛一场安静的魔法

世界倒行逆施，我们如醉如痴

茫茫雾气中，蝶泳的梅花扭动腰肢

燕子在空中练习跳远

天空展开硕大无朋的棉被

熄灭了靛蓝色的荧光屏

一条仁慈的白蛇攀上

鹅黄的嫩柳，嘶嘶吟唱

似乎在嘲笑未来主义

2017. 3. 23

立 夏

今日立夏
万物盛大
而天空的浮尘尚未散去

我穿着保暖内衣
在大地上浮游
像这座城市的经济一样低迷

五月的鲜花
五月的房价
在我们心头居高不下

2017. 5. 6

重游北大，时友人北大陈均
及大学同窗康路陪同

北大婉曲、幽深、宁静
左一个诗歌中心，右一个哲学门
倒像是一座文化迷宫
曾经，风起云涌
我只是在纸上听闻

而一路穿行，我是过客
五月的北大，云淡风轻
玉簪美而无心，像一片片绿云
三角地已是一片草坪，我留影
夕阳斜，未名湖畔，望波縠粼粼

一座博雅塔输给了现时代
当我站在中心，却看不到重心
寂寞林下，一座坟茔，我渐渐地靠近蔡孑民

2017. 5. 21

现代史

人们困在了历史中，而历史困在了人们心中。

——（美）詹姆斯·鲍德温

从梦魇中醒来
人的世界，渐次浮现

一块无形的悲伤的巨石
压在他起伏不定的胸膛上

2017. 6. 4

马思聪

终于，到达了这天涯与海角

"嗵嗵嗵"，002 号电动拖船启动

这地狱的出口，恐怖阴森

在恐怖的闪电中

马思聪在亡奔，惊起了

大地上沉睡的乐音

一只魔爪从天上降下

追击着一切——星月惨淡，露天煞

他，遍体鳞伤，几乎抛弃了一切

工作证、所有的物品、红像章

唯有，那把斯特拉地瓦利手制的小提琴

闪耀着三百年的艺术的光辉

在行李箱中喘息，在黑暗的大海上颠簸着

在神圣的高空爱抚着他极端痛苦的心

他眉头紧蹙，久久地凝视着那缭乱的风

举目回望，四野苍凉

落日依山，魂飞魄散

冷酷的风中似乎有无数琴弦、琴音

它们合奏着一首《思乡曲》

奏毕，在风中狠狠地撕裂了自己

2017. 6. 12

山　行

像一只小甲虫一样

我们在狭窄的山路上盘绕、攀升

那些树木蓊郁、调皮

几乎把手伸进车内

取走了我多汁的心脏

鸟的脆鸣声

拍打着天空云层的纹波

2017. 6. 19

人类史

窗帘，被风掀开了
托洛茨基的笔
在纸上梦见奥德赛
杀手抵达墨西哥
一个虚无，在雷电中漫步……

2017. 6. 17

写　诗

每当我写下一首诗
便从我心中拔出一根刺
那刺，直截，挺出，带着痛苦的泥土

我的心是一片奇异的花园
荆棘丛生，百花争艳
我的诗是带刺的玫瑰

哦，偌大的虚无沉默不说
暮色奔腾，美，纵身一跃
——我抽刀向火

我的痛，茫无际涯
我的刺无尽无穷
我的诗，如刀似水

2017. 6. 30

挥 霍

有人挥霍权利，有人挥霍金钱
有人挥霍闲暇，有人挥霍性感
有人挥霍生意经……
想想自己，我什么都很短缺，什么都挥霍不起
就像那夜空中的一颗寒星
在宇宙中，它什么都不能挥霍

2017. 7. 11

2017

七月
天神震怒的眼睛
喷出怒火
向骄傲的帝国俯冲

朵朵白云吞噬着闪电
像雪崩后滚落的雪球
你，躲不躲闪
都要颠簸于这庞大的气流

长达百年的交响曲
列宁格勒
在天空深红色的幕布上
震颤，发出瀑布般的轰响

那些白云
像被撕裂的大片大片的电网
像被抛入紫色波涛的乌托邦小说
它们在平行空间里怒斥着地球

那么，来吧，have a walk

杯中酒醒，风微冷
自由是无尽的纠缠
大军压境——黑松镇

2017. 7. 30

克里希那穆提

一阵强风横扫过大地和你
太阳从洪荒深处升起
霞光万丈，海水波动不息
你站在那里，心中空无所有

2017. 8. 7

受　洗

雨，开始了，漫天阴云写下诗篇
成群的鸟儿在窗外翻飞
它们的小眼睛里童话四溢
它们统统不用打伞

在雨中，在唢呐齐鸣的清晨
在粗犷的电线上静静伫立
它们只关心受洗，不关心上帝

2017. 8. 7

折翅：米开朗琪罗

他没有达·芬奇理智
也没有拉斐尔狡黠
他无尽的痛楚
是一场大洪水

胜利多么乏味
悲情，源于死亡及幻美
庸人们误会一世
伟大的灵魂是一团孤独的烈火

请告诉世人吧：
如果你们来攻城略地，金鼓齐鸣
我将拖着我衰朽的躯体
在城头，射出最后一支时光之箭

2017. 9. 12

思子帖

儿子，我正在
远离你的方向行驶
经武当，穿襄阳，过云梦
我和父亲挨坐着，默默无言，眼望大江

日暮途远，中秋雨纷纷
吾儿，你的世界有种伟大的崭新
我，是站在你眼前的古人

想起你的笑，如风铃
如光在苇叶上飘
想起你要到电视里去的天真
想起你的明天，古人，屈原，楚国病人
哗啦啦地往古来今，一场大梦……

2017.10.7，写于武汉

登武当绝顶记

登上绝顶
一个意念也就到了尽头

逶迤数十里的大山
最终收束为一个峰尖

车载加步武
一路穿云披雾
望不见远山和峻谷

行至金顶，双腿微酸
铜铸的金殿不放光芒
明光来自天上，幽暗没了踪影
我们位于白云之上

青冥湛蓝，有如宝石
云层连绵，如涛似海，漫无际涯
如斯之境，是真或幻？
倘非神仙，岂能分辨？
岂能俯瞰云波滚翻
仰首唯见荡荡无极之青天？

开辟鸿蒙那样的久远
其实就是在眼前
迷雾竟然也有尽头
这里已然不是人间
只合神越，不宜久驻
不管帝王，还是我辈
统统超升无术

噫吁，我和父亲扪松抚石，紧急下山

2017. 10. 21

观丹江口大坝泄洪

此刻，汉江犹如大海澎湃

看呐，碧浪排空，势如怒龙，滚滚向东

如果我们都不存在

世界将恢复大洪水时代

仿佛天神从高处不断掷下雷电

炸裂的水波弹向百尺高空

咆哮的激流铿铿轰隆

好似隐形的神灵正开列着大军

不知是神界的战音，还是狂舞的喧声？

抑或自然与人工合成的大能？

噫，大江大泽需要泄洪

正如心灵需要震撼，需要气势如虹

2017. 10. 22

微亮的火

黑夜不用熄灭星辰

只要合上窗帘，熄灭灯盏，闭目就枕

就有什么被熄灭着

是的，那些业已熄灭的晚上、下午和清晨

然而，又有什么闪耀着

像信号灯，像磷火

在心海里闪烁

比如，将完未完的书稿

抽空去跑步的扎克伯格

查理兹·塞隆的英媚

新闻里吹嘘的光荣

悲伤墙、俄罗斯、杂草般的泪水

母亲日益衰弱的心脏

父亲写信时的寂寞

还有，弥漫一切的爱的无能

十月以来天从未大晴

逝去的日子，像一场大风

这些微亮的火，如山涧流水

忽左忽右，时急时缓

谁也不能让它们燃烧

谁也不能让它们熄灭

它们如暗物质般在虚空里蔓延

神也无法预测，不能描摹

2017. 10. 23

扫街姑娘

扫街姑娘
她正挥动扫帚清扫街道
她转过身来，扫地
寻找地上的秽物

她不是灰姑娘
她有窈窕的腰身，秾丽的黑发

她蹙着眉头
朝人群望了一眼
又转身低头扫地
眼神里有几分黯淡

她不是灰姑娘
她有秾丽的黑发、窈窕的腰身

哦，扫街姑娘
街头的一朵娇花
在势利、冷漠的空气中
转瞬间，她消失在
我无法触及的时空

2017. 10. 23

白 鸽

坐在湖边的长椅上

天空中浮现着长江的倒影

有人绕湖水跑步

荷叶在风波里打坐

抬望眼，三只白鸽

朝不同的方向飞去

飞机像一只飞镖从天宇滑过

昨日的雨又升向空际，那么隐秘地

酝酿着一场细雨般的宴席

北方的风，往南方推过来

芳草萋萋，李白转身，写下骊歌

黄鹤楼老了，在电子乐中震颤

飞檐像大河中腾起的浪花

钟磬的清音，穿过雾气，飞向曾侯的耳鼓

烟花空远，采莲女低头，梦呓环绕

夜色顺着天幕流淌下来

我和父亲走向酒店

地铁在脚下轰鸣

木椅上塌陷的量子呢喃着宇宙的腹语

2017.10.24

噩梦之后

噩梦醒来之后

你像一只落水狗

独自爬上岸来

荒野阔大，星星寂灭

你瑟瑟发抖

寒意从脊柱传到脚趾骨

左近的公路上

汽车和摩托们马力十足

尖厉、猛烈的声音

碾压着寂静，碾压着

寂静中生灭的一切

2017. 10. 30

十月末纪事

有人说今年流行戴帽子

我说是吗今年流行不穿衣服就好了

我这么说吓着你了吧其实可以理解

新闻说今秋最冷早晨如何如何

确实啊今天很冷外面还下着雨

转眼就要入冬了冷是合理的事是命

我计划出门去办的事也不想去了

我不想出门想钻在被窝里看小说

我很小像一只小小鸟而世界很大那么大

其实不看新闻也晓得今日甚寒

人总是这么犯贱众口腾烁的东西就容易当回事

不知反身而诚万物皆备于我也

我说过十月以来天从未大晴

其实晴过一天只有一天一天而已

寒雨连绵西北小城这天像成都的天

你问我为何如此我说天意难违呗

总之十月以来气象就是如此

昏昏沉沉的仿佛天爷连醉了一月

这是一个奇怪的十月真实的十月

十月以来搞过大事也有无数小事发生

大事已被载入煌煌史册睥睨着众生

小事像海面上泛起的随生随沤的泡沫
比如有孩子在垃圾场的空地上采摘野花
有人站在桥上揪下自己的头发扔向灰暗的河流
后人翻阅教科书看到今年十月花团锦簇
而我却如同一个伪气象学家
记录着这十月的阴沉、冷雨和寒潮
而小说里也不动声色地出现了
这样的字句："假如维纳斯能够返世，
她会周身污秽地出现在地铁的厕所里，
一只手里捏一把法国明信片。"

2017. 10. 31

她悄无声息地站在那里

随着向晚的天色
——没有递上信函
也没有驾乘马车
她悄无声息地站在天幕中央
又大，又圆，又黄
像一位赴约的少女一样
把自己的欣悦袒露在脸上

等到河畔的秋草又枯了一寸
等到五彩的灯光开始编织幻梦
等到有人楼上愁，有人转动歌喉
她依然空无所依地悬在那里
宛如路旁的一位佳人
眼眸波动，泛着银光
如此鲜妍，又如此朦胧

2017. 11. 3

课　堂

当我从昏暗的楼道踅进教室
数十个瞳孔一起闪亮
我步上讲台，拉开窗帘
淡淡说道："中世纪过去了。"
学生们微笑，面孔泛光
像刚刚洗净的苹果放在桌上

我用郑重的声音说道：
"姐妹们，弟兄们，古人已矣，
然而古人的精神并未死去，
生命是与地球永在的河流，
在交替嬗变中永恒不朽。"

我转身，在白板上写下几个黑字
——"应是经春雪未消，今日是何朝?"
这时，窗外传来电动车的马达声
雪松矗立着，一动不动，马达声消逝
天空蔚蓝无际，仿佛摆脱了记忆

时间像秋云一样飘了过去
光线暗落下来，晚霞沉没

我叫学生开灯，教室里白光充溢
空气似乎变得更加凝聚、寂静
"让我们仔细玩味这个字眼'欣'，
悲欣交集的欣，欣慨交心的欣……"

2017.11.4

市中心

车辆太多，我步上天桥

桥上蠕动着许多人

吸烟者自上而下放着烟雾

走下天桥，迈入广场

一大群人正在围观商业演出

那话筒里传出的声音如此放肆

像拿着一个榔头在猛击路人的心脏

简直可媲美监狱里囚犯起哄的声浪

当我俯身系好鞋带

抬头碰上一条正在经过的大腿

我呼出一口气，继续前行

前方有人直行，有人横行

汽车鱼贯交织，大呼小叫

俨然是另一个物种

我瞅准时机，横穿人行道

无数张脸、嘴，无数胳膊、乳房、口红

车窗、烤肉串、广告牌、手机贴膜

流言蜚语、排斥感、窥私欲……

在与我等高的高度像被狂风吹起的垃圾一样朝我飞来

打在我脸上、胸口上，打在我的青铜盔甲上

发出踢里哐啷的声音

不，不是它们向我飞来
是我进入了这密集的集成电路般的城市
我走到公共车站
站牌下，几十个人面面相觑
回家的车来了
它像一只水蛭一样把人们吸了进去
噢，这拥挤的人群让我烦惧，我畏葸不前
尽管我的仇人不在其中
而下一辆车久久不来
也许已经驶往未来
出租车飞驰而过，溅起十一月的泥水
我立在站牌下，有点恨自己

2017. 11. 6

白塔山上

白塔山是一座矮山

当我又一次站在白塔山上

举首西望，晴空闪耀，黄河如带

不见城墙，也不闻湍声

咖啡色的水流滚滚向东

铁桥跨河而立，势如坚弓

它从晚清活到现在

依旧镶嵌着德国的螺丝钉

那些漂洋过海、翻山越岭的铁板

抵挡了枪支、弹药和暴动

黄河水在桥下奔流而过，如万马千军

桥上行人，依然如织

拍照留影，几乎全是年轻人

当我又一次站在白塔之下，晚日西斜

远眺逝去的青春、西北的浮云

我的双脚终于齐平了一座大楼的高度

2017.11.16

青玉案

这是真的：
我走到江街拐角处
一群画眉倏然划过天际
霞光倾洒，烟尘缭乱
她——出现了
明眸皓齿，婉转如龙，翩然而至
恍如一道无声的闪电
迟暮的天空蓦然一亮
我的心像一只黄鹂飞向远方
世间神明，已归我所有

哦，这尤物，这女神，这孽障
我多想，多想和你来一场
山崩海啸的欢忭
然而，横塘水空，暮云冉冉
当我回头，她已袅袅离去
一束巨大的光亮
在她背后合了起来
像天使在不远处收拢了翅膀
此刻，枫叶簌簌作响
我的灵魂自头顶降落

——一股滚烫的热血

从胸口涌出

2017. 11. 17

漫长记忆

这些年，生活
一直在你们身上
挖掘

风吹雨淋，狼奔豕突
以至于，你们成为
长城以内的道路

漫漫长途
鲜花开放，鲜血匍匐
野草一样，无休无止

这迷乱的轨迹
一边毁弃
一边成为奇迹

2017. 12. 10

致徐霞客

毫无疑问，你是一个
意志极坚的人物，而且
你具有瑰玮不羁的情愫
否则不会鄙视功名，不屑八股
世人企图穷尽名利
你志在穷尽灿烂大地
衮衮诸公可曾梦见
——此之谓大丈夫

大好河山，天地奇观
等待你的身躯推开清风
目光穿透迷雾
在你的游记里
奇山异水，层出不穷
重岩深洞，杳杳无极
我手捧书卷，眼花缭乱，似迷了路
却乐而不返，心醉神驰
你的游记是无与伦比的画卷
神奇的风景从文字中栩栩涌现
司马子长让我们看到历史
——你，为我们展现大地

2017. 12. 11

败　笔

我怀疑他谏迎佛骨的举动
是否出于莽撞，抑或赌博？
既然拉起了道统的大旗承当
就不该在这面旗下自折翅膀

早年孜孜矻矻的苦读模样
中年声塞于天的荣耀文名
或已成蜕委无用的蛇皮
或成为利享余生的法器

晚年的侍郎韩文公妻妾成群，烧丹礼佛
早已不是什么文化英雄
一代文星高视寰宇的声望固若金汤
其眼下所急倒是壮阳药中的硫黄

哎，虽说人生短促，最可宝贵者
实是暮年志气不坠，高节如常
晚年的堕落是人生一大败笔
哪怕早岁有多少贡献多少辉煌

2017. 12. 13

从安康到十堰

循汉水而行
我们缓缓驶向南方

硬座车厢外，不时
闪过高山峻谷、急流险岸

火车犹如一只铁质的蚯蚓
穿过无数座山岭

在黑暗的隧道里前进
乃成为必然

——然而，我一再望见
在险峻的山腰，也生长着人烟

2017. 12. 23

虞美人

效吴兴华体

如果我真的是来自一场梦
那时辰想必是春日的黎明
是你把我引入这华美的宫殿
却不曾把石榴放进我唇间

一阵微风似的叹息吸引了我
我看见你在彩虹的倒影下起舞
翠袖画过的痕迹像青红的火焰
足尖上奔流着丽日初开的华年

哦，那时我们昂首拨开云气
拂袖，饮下幻觉，成为远逝的云雀
仿佛二月枝头颤抖的春雪，仿佛
命运女神回眸，朝向一切人，不知所措

2004. 8. 2，2017. 12. 24

赋白发

像白居易笔下的野草
它们盘踞在我多情的两鬓

我们，都不免立在河畔
哀恻这素秋，任落叶萧萧

……然而，谁曾想
其来势如此之汹汹
当我尚未及将一袭春衣珍藏

2017. 12. 24

黄 土

黄土坡上残留的白雪
像没有擦匀的雪花膏
枯草灰黄、淡漠、微茫
它们让我想起
去年夏季的绮丽

我从 2018 的头骨里
探出身躯，归返故乡
一位亲人的葬礼
将在黄土上吐出密语

路边残雪，时而洁净，时而肮脏
这时辰，这远逝的星光
这旅途的摇摇晃晃

也许是新年，也许是旧岁

2018. 1. 17

十九世纪浮过脑海

十九世纪浮过脑海——
赫尔岑吸着幻灭的纸烟，
遥想波罗的海那弥漫的海雾
屠格涅夫忧郁，普希金叛逆
托尔斯泰泪如雨下……

我的心中有一团烈火，等待消磨
像被野火逼近的俄国

——谁来救小孩？
诗歌被镇压
十九世纪浮过脑海……

2018. 2. 11

定风波

新年之夜，我漫步于湖堤
望见一群水鸭在湖面凫游

它们在黑暗中泛白
头鸭在前，群鸭在后

它们时而发出嘎嘎的稚气的叫声
仿佛在相互谈心

夷犹乎中洲，它们不为世所囿
似乎它们并不为自由所导引

2018. 2. 19

春之声

今天下午的鸟鸣格外灵犉
它的节奏、音变，每次都出人意表
它焕发的才情甚至有几分诡谲

春日迟迟，风往北吹，也朝西吹
似乎有什么奇异的波涛
将在四周涌现

2018. 3. 12

昌　耀

相比于他的诗作
我更揪心于他的生死
——人们总是有难以卒读的生活

当他从医院的窗口纵身跳下
第一次，他轻灵得像一只蝴蝶
因为他的一生是彻头彻尾的沉重

像一个影子落在雪地上
而不是像一个巨人倒在河床
因为他并非死于英勇，或伟大的志业
他死于，像世界本身一样
混乱的、无尽的、卑微的折磨

2018.3.16

雷电颂

那雷声，仿佛是有极其沉重、巨大的重物
轰砸在天空的屋顶上
有时，雷声是连续的，有种开裂的感觉
轰隆隆、啪啦啦地，在沉闷中有种响亮
像巨石从布满石块的山坡上滚下

闪电主要在东南部，
但方位不定，时高时低，时左时右
那电光刷地一闪，照亮一片天空
以及远处山脉的顶部
然后迅即消失，仿佛乍开乍灭的灯光
闪电的光，每次都有独特的形状，神鬼莫测……

有时，那电一闪，竟呈现某种奇异的波折的曲线
电光把云都照亮了，使你清晰地看到云
让人觉得那电光曲线正是云的轮廓
这种闪电美丽至极

然而，人们萎靡不振，皇帝在卧室里寝食难安
摩天大楼下，一棵硕大的青枫屹立不动
奇异的电光在它身上一闪一闪

滂沱大雨在乌云之上被天空收走

2012. 6. 12，2018. 3. 17

春　望

春花开了——

红梅、迎春绽放，玉兰洁白向上

芳草，从山坡来到脚下

她已微醺，腰身欹侧，似斜阳沉沦

请暂勿给她安慰

我们转身，风也开了，苦苦地将树枝点亮

夜雨饮下泥土，仿佛

对基督说：请饮下这杯苦酒

请簪上这芬芳的春愁

哦，坠入我眼睛的晚星、滚滚逝去的江河

喷薄而出的浮花、浪蕊，都开了

香气任意飘散

人世洞穴的大门敞向万古

连沙漠之神也像花一样开了

他率领大漠，挥舞着苍黄的烟尘

像一个电子乐队升上高空

——他的面容正在消散

他眼神中的话语，像无穷的花海一样

正远离着莽莽荡荡的白昼

2018. 3. 21

这些花朵，这些灰烬

春风，我在三月里
吃下这些生活的灰烬
风和日丽，我看见月亮正走向绿荫

这些花朵，这些热烈吮吸的蜜蜂
其实并不残忍，这些花花绿绿的
人世的保护伞，我也并不陌生……

2018. 3. 24

历　史

历史，就是一月之后
来到二月
二月，稳稳地屹立于大地
就像踩着父亲血泊登基的皇帝

2018.4.4

狂风乍起

狂风乍起，震窗响屋
下午，即将过去
槐树的枯枝被吹向半空
隐形大军在飙风中行进
威严的怒气发出震吼
楼房与树木似乎只是他们
践踏的枯枝烂叶
瞬间，我有种错觉——似乎
万物都可以被推倒、扫荡

——这，是清明前夕
我站在岁月的渡口前眺望
一切都在动荡，除了那
日星隐耀的灰暗的天空

2018.4.4

春　赋

四月，春天像个任性的孩子
翻倒在地，又
无所谓地爬起来
她的眼眸，仍那么晶亮
她的脸面，放着红光

如此明媚，又如此无常
仿佛这就是我的春天

2018. 4. 6

给幼子

儿子，我不想说

你是天使

天使，从来都是神话

在这浑浊的世间

你是最清新的泉水

你是我唯一触手可及的露珠

你，是朝我奔来的彗星

——你幼小的一切

是这茫茫宇宙中的另一个世界

2018. 4. 7

世纪史

谁能免于呼吸这污浊的空气？
谁能一把挥尽这古老的涕泪？

历史，像一块粗鄙的破布
把我们包裹其中。我们哭、笑，言不由衷

哦，四月，冷风吹，茫茫春草兮，记忆破碎
龙王在泾河里沉睡……

战火烧红了海水，持续了
几个世纪，依然没有停息……

2018. 4. 11

茫茫黑夜漫游

三月，亚细亚的上空

大群的蜂鸟正在迁徙

东风骀荡，大师在楼上击打铁锤

而牛羊们已等待多时

这夕阳倾斜的时刻

他们四处走动

暴雨从天而降

熄灭了焚烧书籍的大火

明堂的钟磬奏响皇帝之歌

文风丕变，人心迷乱

这里已消失了公园和寺院

盛开的桃花举起火把

那起伏的流水，我怎能忘记

当我走下山坡

有人仰面饮泣，有人拦马质疑

有人像沉默的春雷渐行渐远

有人像风中的蜡烛，正在融化

2018.4.11

高　铁

站在车道旁，

一列动车迎面驰来，

发出巨象般的呼啸——

排山倒海，让人心惊肉跳

仿佛一枚巨大的炮弹

从我身边飞射过去……

仿佛一场转瞬即逝的宫廷政变……

2018.5.1

刺客曲

也许你想刺杀嬴政
也许你想刺杀拿破仑
或亚历山大二世，或许你真的去刺杀了
在博望沙，或莫斯科，甚至在秦王的宫殿上

也许你只能杀死
一个不该杀的人，一个卑微的人
……两千年后，世事改变了许多

你杀死的，可能是一位隐侠
或者，你一生都没有遇见你想见到的人
最终，你像傍晚被吹入湖水的
落叶一样，消失在了一阵寒风中

2018. 5. 11

当代，即第五幕剧

我打电话过去
接电话的
不是我要找的人
电话里传来自报家门的姓名

可是，这分明是几年前
就去世了的人
而且，他的声音
相当怪异。不是
那人的声音

2018. 5. 13

盲　目

夜晚，我取出自己的心脏
放在窗台上观望：
它愤怒，从容，青草一样潮润
它在这涌动的世界上寻找出路
——十一点的鸟鸣呵
我不知如何将你称呼

暴雨，刚刚耗尽自己
像黄昏耗尽了白天
你我耗尽了盲目
仿佛夜空并不认识雷电
云层也不象征命运
而金星，曾经温柔地闪现

2018. 5. 19

五　月

五月。梦，被我惊醒
它翻身呼叫，怒怼天空，它喊道：
没有什么能够形容
这宇宙弯曲中绿叶的波动

而夏天啊，忽冷忽热
忽然，就这样冷了啊——
像血覆盖了雪，北平与柏林
那大战后循环往复的春夏秋冬

2018. 5. 29

未来的黄昏

是谁？用群青色的眼神
迎接这悄然到来的晚风
——青草晃动
人们无声地走入画中
教堂的尖顶背后
正升起雷电奏鸣的幕布

哦，贝多芬
在暴雨来临之前
我们注定要飘入这云层
凝望着星辰的秀发，灿烂如朝霞
我们注定要被闪电的光亮震惊
如同一辆卡车驶向虚无的山巅

在阳台的云气中，让我们
让我们彼此握紧
像树木在黑暗中群舞
像时光马车倾斜地行进
……一个可怖的黄昏正在降临

2018. 6. 10

青海一瞥

青海的小麦晚熟
六月下旬，它们依然青青

动车驶向兰州以西
荒凉逐渐加剧

红土，峡谷，湟水呦，青海的母亲河
滋养了藏族、回族、撒拉族
……众多的男人和女人

这里，生活过受难的诗人昌耀
也生活过淫暴的军阀马步芳
——先生们，我们历史中见

那么，大通河，请把我举过这些山岭和盆地
当我乘着动车飞驰
祁连山，这西北的神山忽现于眼前
巨峰耸峙，草场辽阔，牦牛与羊群悠然嬉戏

而牧人们去了哪里？帐篷像蓝色的宝石
快看，一匹栗色的发亮的骏马正在奔驰

遥迢的山巅，云雾缭绕着隐隐的雪线……

忽然，动车放慢了速度
听不到任何声音，我们行至祁连山北麓
窗外，鲜黄的油菜花像大片的黄布

车内，乘客寥寥，如同中了魔法
统统把脸朝向窗外。此时
不闻车声，不闻人声，不闻鸟声

……我们进入无声世界
山脉、绿草、机器、空气、人类
从未如此静谧，如此空灵……

2018. 6. 30

挖路狂

天水的公路不好
即便在中心广场附近
仍然布满坑洼
每次从这里经过
我都像坐上了摇摇车
看着那弹坑般的路面
以为自己来到了大马士革

奇怪的是——
如此车水马龙的地段
这烂路却从未被修葺
而其他几条道路
几乎两年一挖，两年一修
好比虚荣的女人
把自己的脸，整了又整，抹了又抹

挖呀，挖呀，挖呀挖
在山上挖，在草原挖，在市区挖
在牌桌上挖，在祖坟上挖
在锦绣山河上挖，在人心上挖
……仿佛，混乱是我们的最高哲学

仿佛，唯一的障碍

就是我们的未来

2018. 7. 2

暴雨中的大桥

暴雨中的
大桥、大桥

哦，暴雨已至
彩虹形的钢铁大桥
忘记了哭泣

暴雨中沉默的大桥
隆起在天际
雨，在黑暗中，像灰白的头发

2018. 7. 3

信号中断

午睡醒来，雨仍在下
这缠绵的夏雨，西北的雨
从灰暗的天空
像无穷的流弹一样射下来
击打在水泥地面上、树叶上、耳膜上

像一位半神灵的大师
他喜怒无常地裹挟着云层出场
时而若无其事，时而暴躁癫狂
他把汽车世界打回原形
斥退了快递骑手，而河流
纷纷变身为奔腾的巨龙

有人在沙发上打瞌睡
梦见航班延迟，鸟群失散，桥梁坍塌
以及他不曾亲见的泥石流

在大雨的世界中，我们
——信号中断

2018. 7. 10

哦，洪水

连日大雨，途经藕河
站在桥上一望——
但见平日涓细的河水
完全改了模样
一条极度浑浊的河流
怒波翻滚，滔滔向前
一股震怖的力量
把我定在桥上，令我目眩神惊……

看着那滔滔洪水
忽然觉得：那就是人生
——谁也不知，什么时候
生活的河流突然就暴涨
突然波涛激荡，冲岸决堤
泥流淹没了昔日的芳草……

2018. 7. 11

受困的小鸟

当我在写字桌前工作时
忽然听到"嘭嘭嘭"的声响
抬头看见：一只小鸟闯进了屋内
正在窗玻璃上扑扇碰撞
她扑腾了几下之后
迅即在阳台内左飞右冲
却找不到进来时的方向

我起身，观察这情形：
鸟儿逡巡了几圈后
站在了晾衣架的横梁上，似乎
是在身体的平衡中整理心情

哦，多么漂亮的一只小鸟
一条像剑一样修细的尾巴
显得俊逸潇洒
三角形的尖嘴，黑而圆的大眼
白色的胸腹，棕灰色的背部和翅膀

我赶紧把开得不大的
一扇窗户完全打开

对着晾衣架上焦急惊恐的小鸟

（她一次次发出短促的叫声）

呲摸着嘴，学着鸟鸣

说道："过来，过来，从这儿出来！"

可是，小家伙却完全无动于衷

这时，我才沮丧地明白——我们语言不通

2018.7.12

自传片段

那时，他上高一
读过《论语》，也读莎剧
除了英语，他竟然
厌恶所有的课程

九十年代初的小城里
他在哲学书中触摸到了
人类的激情和静穆
他唯一的集体活动
是踢球，但也得不到多少慰藉

有时，走在早晨上学的路上
看见晨练的老人悠闲自在
他真希望自己快些老去
因为他鄙夷自己的同学和学校
厌恶这重复的生活规则
——他，是一个可怕的少年

2018.7.12

浣溪沙

满目山河空念远

——晏殊

这寂静并不稀奇
白昼，正在逝去
一只长尾鸟无声地
飞入茂密的枝叶中
暮色苍茫，笼盖四野
鸟儿没有发出什么惊叹

——还能有什么大事？
除了世上正在发生的灾难

2018. 7. 23

夜　航

绿色的田野和灰白的道路
错纵交织
像一个博大的集成电路板
弯曲的渭河好似周鼎上的云纹

云朵们是大片大片的蘑菇
晚霞在幽蓝的天空和暗黑的大地间
镶了道红黄的带子
天地玄黄

在巨大黝暗的下方
时而映现出灯光闪烁的网络
看上去像外星人的部落

飞机不断升入太空
向月亮靠近
宇宙洪荒，幻境来临
我看见一颗星，夜空中最亮的灯

2018.8.24晚，于西安至珠海的飞机上

珠海一瞥

植物如此凶猛
仿佛荷尔蒙过于丰富的朋友
让人害怕

一排排的榕树
突出地表的树根，遒曲扭结
下垂的气根，让我以为遇见了树精

在一所大学校园漫步，中元之夜
树木高大，草木葱茏，人影稀少
乃想起山谷诗句"隔溪猿哭瘴溪藤"

学术会议、茶歇，相似的欲望流淌
我在白天的路上看见蜻蜓
我，是从西北飘来的一朵浮云

而蜻蜓，这南方的蜻蜓
杂沓飞舞，扑面而来，在柏油路上空
像随意出行的王孙

海岛美丽，不远不近

出租车司机说："我也姓赵，
是南宋皇室的后人……"

哦，澳门、香港、文天祥、中山先生
我在大桥前止步
远离了北方和明亮的尘埃

记忆的灯塔将我照亮
夜晚的飞机像蜻蜓一样起起落落
椰树伸展，雨丝风片，这南风无人把握

2018. 9. 2

离弦之箭

未来不属于我们，而眼下我们又无事可做。

——赫尔岑

日近中秋
早晨的阳光微醺

灰鸽子，从东南方
捎来昨夜的消息

它说，星月们唱起了骊歌
自从你走了之后

而旭日升起，大国正在博弈
塔罗牌摊满桌面

台风刚刚过去
赌场恢复了营业

电视里，新闻反复重播
人形写字楼玻璃闪耀

阳光照着老人的皱纹
白鹭悠然低飞

倏然间，一只长尾鸟从槐树中飞出
如离弦之箭

巴西国家博物馆突发大火
西湖的游客多到爆炸

哪里有什么烟柳画桥、软草平莎？
哪里有什么学生罢课、商人罢市、感时花溅泪？

有人正在大讲传统文化
网站上布满大学之道……止于至善

空气颤抖，汽车穿梭
野鸟在林中做窝

哦，大火，大火
茫茫夜色

2018. 9. 22

嗓 音

童年是成人的童话
——题记

那时，他喜欢站在学校的一处高地上
面朝北山，从咽喉部位
发出海豚般的"啊"声
那高音立即从北山激起回声
像风吹响了绿叶
那么友好，那么确定地
这清澈、神奇的穿透力
让变声之前的少年得到了片刻的陶醉

如今，他的嗓音低沉
偶尔高亢、干裂
咳之不去的异物卡在喉咙里
那么多年

2018. 12. 16

忆三亚

脱掉鞋子，卷起裤管
在海滩边漫步
夜晚的海水竟如此温暖
它轻柔的拥抚教人沉醉

仿佛世上真的没有冬天
仿佛日落时分金黄的海边
那绝色的少女曾经曼妙地舞蹈
曾经神秘地对我微笑

2019. 1. 3

流浪大师①

一个破衣烂衫蓬头垢面的人
一个与垃圾为伍，用"德不配位"
一词惊悚了大众的人

一个有胡子、有故事的干净的人
一个站在殿堂对面的人
一个从冷风中过来的人

一个孤独的热闹的网络时代楚狂接舆般的人
一个被戏中戏的幕灯照耀的人
一个每天像喝水一样吃书的人

噢——大师，这不无尴尬的词语
像黄浦江里的鳗鱼，心事重重地
凝望着上市公司的霓虹

2019.7.6

---

① 2019年，上海的一个靠捡垃圾、宣扬垃圾分类、读书颇多的流浪汉沈巍，在网络上爆红，被一些网友称为"流浪大师"。

击筑者：致高渐离

> 壮士一去兮不复还
>
> ——《史记·刺客列传》

渐离，我刚刚从午梦中醒来
草叶上捉来的蝴蝶
尚未送达那人群中的女子
她的手掌在绿风中轻颤
仿佛一个预兆即将来临

是的，如同艺术：情深至极，美而危险
菊花烂漫的庭院里的筑音
在我们的魂魄上踏舞
大风荡漾，我们再次来到易水边
青春之歌、抱负、故国的一切、荒唐的泪水
像一阵烟雾浸染了我的灵魂

哦，击筑者，这狂暴的温柔的诗人
多情的杀手，他在十三根弦上敲击着历史
星辰们走下战国的巨大山坡
一幕大剧结束了，消散了纵情高歌的时日
如同黑夜压服了白昼的万象……

那一涌而上的热血和筑的力量
在空中画出了永恒的弧度

2019. 7. 6

卷 二
北 冥 诗 话

北冥诗话

1

在奥斯维辛之后，诗仍旧要写下去。因为奥斯维辛以来，人类的悲剧并未终止；美，也从未停止对我们的安慰。

2

要不要做一个诗人？做一个怎样的诗人？我们是否配得上"诗人"这一称呼？这对于尚在写诗的人来说，并非不是问题。

我们处于和平时代，我们的痛苦当然比战争年代、动乱年代少，但这并不意味着我们的生命精神更高级。我们缺乏远大的理想，没有真正的动力，人潮滚滚，也多是浑浑噩噩之辈。而那些虚荣心较少的人，有良知与智慧的人，只能在社会划定的小格子里戴着镣铐跳舞，向周围的人散发芬芳。现代世界外在与内在演变的不平衡，极其惊人的漩涡，偶然或必然的灾难，让我们的心灵在不断重复前人痛苦的时候又滋长着新的痛苦。科技进步带来的变化，并未增加多少美好的诗意，博大的自然美的气息日益远去。人口的增加，乃至汽车、手机等各种生活用具的暴增，经济生活的复杂性的持续升级，不断加剧着人与人之间的恶性竞争——使人越来越"蔑视"人。一个可怕的未来就站在我们身后。

所以，作为精神的高级产品，诗是绝对要写下去的。而且诗人要面对"人"，以及整个世界新、旧事物及其问题的重量（现代，即意味着历史的重量越来越重）。诗应当使人类免于精神的堕落，因为，"人的尊严就是诗的尊严"（见钟敬文《兰窗诗论集》）。

诗人不需要和沙龙里的达人、文化衙门里的头目，或者浅薄的粉丝频频握手，诗人需要和一切对世界充满惊奇和忧患的人握手。我总觉得，诗人在终极处和思想家最接近——他们都在痛苦的火焰上淬炼自己。

当此时代，我们的精神空间被压缩了。现代人未必比古人的精神更博大、自由。诗展现人真实的灵魂。诗是有放射性的、更加自由的，精骛八极，神游万仞。诗，可以让我们得到解放，让万事万物的意蕴转变成精神的花朵。

3

古人自述创作心理，有一说法曰"偶然欲书"，意思是当诗情、诗思真正在心里泛起来时，才写诗，非刻意去作诗。此言有理，也迷人——写诗可不是写日记。想来，大约在33岁之前，我写诗即是此种状态：当诗的灵感从心里冒出来时，就写下来，平时并不常想到写诗，正所谓"偶然欲书"吧。但近年来，我写诗却不是"偶然欲书"了，倒是"时常欲书"。

其实，原来"偶然欲书"之时，是我多闲暇的时候，这几年则是生活最忙碌的时候。"时常欲书"，并非在闲时总想写首诗出来，而是诗情、诗思常从心底里泛起——也许是在我走路时，也许是在读书时，也许是扫地抹桌子的时候，也许是深夜躺在床上尚未入眠的时候……

诗不是某种客体，而是隐藏在空气中等待诗人用手指触摸，然后显形的出人意料的艺术品。诗有无限的可能，它是与我们的宇宙并存的平行宇宙，而且它并不遥远。诗不在远方，诗就在我们周围的空气中。诗是灵界。

因而，我对诗的信心与责任感与日俱增。就中国诗而言，现代诗在题材、艺术方面都有无限的可能性。而"责任感"所云何事？——诗是人类与自我、与世界相互映照的精神产品。自从诗诞生以后，我们就从未离开过诗，无论人类生活面临多大的危难。诗成为人类生命的印证者之一，它是人类心灵的花园，原子弹或者大饥荒都不能毁灭诗，因为奥斯维辛之后，我们照样写诗。所以，谁如果想毁灭诗意，除非他毁灭全人类。只要我们肯定人类生命的价值，就不得不肯定诗的价值。我们对诗的责任就是对生命本身的责任。所以，我现在真切感受到"诗关重大"。中国古代把诗尊举到"教化"的程度，曰"诗教"，实大有道理。孔子云"诗可以兴、可以观、可以群、可以怨"，此言赋予诗何等重大的意义和价值！而且个人、自然、社会，全部包括其中。现代以后，诗坛虽很热闹，但文人们多拘于所谓"诗学"，而忽略了"诗教"。诗，首先是人类的教化，其次才是一种学艺。

我现在理解了雪莱的那句话："诗人是世间未被公认的立法者。"我觉得顾随的两句话可以印证雪莱此言，他说："世上都是无常，都是灭，而诗是不灭，能与天地造化争一日之短长。万物皆有坏，而诗是不坏。"（顾随《驼庵诗话》）——诗比诗人更伟大、永恒。

不过，把诗抬举到如此地步，亦不可拘泥理解。写一首诗绝不是造原子弹。写诗很快乐，那是让人心灵舒展的快乐，是驾驭语言的快乐，作诗是严肃的游戏。作诗时很好，不作诗，欣赏时也很好。诗心比诗更重要。诗本身也不是人的终极目的之一，诗是为了保存、发扬人的诗意，让人成为可爱的人，使人获得精神食粮。海子要做诗歌的"烈士"，我同情，但以为不足取。杜甫为诗拼命，李贺为诗呕心，黄仲则以诗为性命，过了——其实这样就限制了心灵的广度、弹性，甚至美感。陶潜、李白对诗的态度更可取：认真而洒脱。尤其是渊明，于诗，他是得大自在了。

真正理解"诗关重大"，还需明白：诗虽重大，但诗人不必自大。世界上，诗之外还有很多事，写诗只是人的一种才能。真正好的诗人，不仅要懂诗，会写诗，他还应有其他才能以及关怀。这不是"功夫在诗外"的问题，而是"诗外"本就有很多重要之事，比如为自由而奋斗不息。"从来没有一首诗阻止过一辆坦克"，这样的话，不用爱尔兰诗人希尼说出，一般人也心知肚明。然而，此言看似显出了诗的某种"无用"，但坦克之所以会毅然驶向人群，正是因为有人丧失了"诗心"，可见诗与坦克的进退之间还是有微妙的联系。刘世南先生有诗曰："健者当为诗外事"，此义颇堪玩味。譬如屈原，他最大的志愿是造福楚国，实现自己的政治抱负？还是做一个诗人？他为什么会写出那么好的诗？如何看待诗，以及诗人，这不是简单的问题。

艾青说："诗人的发展，是从'感情人'到'行动人'的发展。"（《诗论》）诗不是到语言为止，诗人也不能到诗为止。

4

当代中国诗歌，最困难的，不是诗学内部的继承与创新，而是诗性精神的缺失。诗性精神即诗心。人心的毁坏、文化的毁坏是诗心缺失的根源。不可能人人都富有诗心，人人内心都有一份健康，但诗人、艺术家、知识分子内心须有诗心。如果知识分子从事文化事业连农民种地的精神品质（包括态度、精确性、审美性）都不如，诗与文化如何繁荣？

许多人凭着少许灵气写出了一些好诗，但其诗心却不够纯粹。而纯粹的人，往往承担着生活的重压。

我们并没有很好地在大地上培植出足够多的诗的粮食、花朵。我们的精神当中没有高标——既无政治理想，也无人文理想。许多人为写诗而写诗，为参加遍地开花的文学评奖、文学沙龙而写诗，为被别人称为"诗人"，引人注目而写诗——于是，他们只成为"写诗的人"或者"写字的人"，而不是真的诗人。诗人不应当是工匠，而应是艺术家、思想者。充实有力的精神、高远的境界，这是当代中国诗歌最匮乏的东西。

文学的职责是让人站起来，像真正的人一样站起来。

5

雪莱曾经敏锐地意识到，从他那个时代起，人的诗心正在不断减少，他说："当由于过度自私自利地计较得失，我们外在生活所累积的生活资料，竟超过我们的同化能力的限量，以至不能依照人性的内在定律来消化这些资料。在那个时期，我们最需要诗的修养。因为此时的身体变得过于笨重，振奋的精神也无能为力了。"（《为诗辩护》）时至 21 世纪，许多地区的生活资料的种类在以几何级数增长，即便我们利用最现代化的科技、商业手段，也难以在精神上"消化这些生活资料"，即生活资料和人性的内在应当有种平衡的对应关系，人才会有诗的精神，否则人类只是日益陷入"穷忙"当中，在物欲中浮沉，诗心如何存在？

6

没错，诗歌在当代是小众的。然而戏剧何尝不小众（更加小众）？中国的学术论文的产量不亚于诗歌，可是学术作品何尝不小众？文艺领域最大众化的当属电影了，而在电影界，也有所谓"小众电影"。大众做大众的事，小众做小众的事，两者无法相互代替，但可以彼此融通。在古代，诗歌的影响面其实没有我们宣传的那么大，我们叙述的文学史差不多是一部精英文人的文学史——抽离了精英与"乌合之众"共存背景的文学史。所以，我们看当代，总觉得乌泱泱一片；看古代，就觉得纯粹明净一些。而古代的文盲肯定比现在多。李白、王维的诗与唐朝的农民没有多少瓜葛。可太白、摩诘，若生于今世，他们一定会在文人圈外被更广泛地阅读。

但是文盲的减少不一定带来文化的显著进步。有一重要原因，是当代官僚阶层的人文修养远不及古代。古代文学的高度是在"文人士大夫"这样一个基准较高的层基上产生出来的。现在文盲虽少，但识字而缺少文化教养的人太多了。即便是人文专业的从业人员，大多也不写诗了。这些，都是当代诗歌整体土壤的问题。

7

就我所知，对自己的诗人身份最自信、最自豪的人，是惠特曼。惠特曼的诗为何会有那么雄强健朗的气息、力量？——这与他的高度自信、骄傲有关。

工业时代之后，艺术家的地位日渐下降。基于肉身感受力的艺术的力量，与由人的机巧创造出的科技的怪兽般的巨大威力相比，显得有心无力。

不论是诗人，还是小说家、戏剧家，自从影视、网络极度普及发达之后，文学家的地位再度下降了。文学是精神专注的产物，网络时代，人们的注意力日益分散、碎片化。看起来，操弄文字者似并不缺乏，网络文学甚至还颇为繁盛——但是，鲜见精品。2018年底的一个文学批评研讨会提出一个疑问——"为什么2000年后有公共记忆的文学作品越来越少？"不论如何解释，这一观感倒蛮准确。而2000年，大抵正是网络在中国发达的时间节点。我相信，精品、杰作稀少的部分原因，在于拜金主义的侵蚀，但就网络对人的影响而言，其弊端在于它使人的精神难以集中、深入，我们越来越习惯于浮光掠影。因此，网络时代，文学如何应对？

8

诗，是一种缓慢，它与世俗成功学完全背道而驰。但它又是一种敏捷，是把我们从现实的浑浑噩噩的表面迅速引入深层的一种神秘的力。

诗艺的最高境界是把想象力和现实加以综合驾驭。在这样的诗中，我们透过幻境的滤镜认知现实。

9

"夜饮东坡醒复醉，归来仿佛三更"（苏轼《临江仙·夜归临皋》），有几分沉醉的味道。而沉醉，则类似于艺术的状态。半醉半醒、半梦半醒，艺术状态是一种沉醉。杜牧诗曰："半醉半醒游三日，红白花开山雨中"（《念昔游三首》之三），半醉半醒之际是最适合欣赏的，是理性松弛、深情洋溢的时候。太清醒或太不清醒，都难以产生艺术。

10

在现代社会，诗的繁荣与否，与民主政治的进退相关。惠特曼、艾青都讲过类似的意思。艾青说："今天的诗应该是民主精神的大胆的迈进。"又说："诗的前途和民主政治的前途结合在一起。诗的繁荣基础在民主政治的巩固上，民主政治的溃败就是诗的无望与衰退。"这是艾青在1941年出版的《诗论》中的话，其道理现在一点也不过时。

古代没有民主政治，但唐宋时期，尊儒、崇佛或信道，信仰自由，政治也可以批评，文人的精神是比较自由的。元朝，文人被打入底层，作为精英艺术的诗必然衰落。明代八股取士，清代文字狱大兴，没有思想活力和言论自由的社会，诗能有多大进展？

11

在不自由的时代，诗人被迫收缩了他们的精神、他们的作为。就像一个孩子，由于后天营养不良，无法长到他本可以达到的身高。

12

在诗人的政治思想方面，"成熟"或"不成熟"之类的评价是不够的。比如庞德赞美纳粹，那不是"不成熟"，而是无耻（库切的评语）。再如，歌德这样具有伟大精神境界的文学家，法国发生大革命时，时任魏玛枢密顾问的他对此表示冷淡——这既非不成熟，也非无耻，而是出于自私的一种政客式的庸俗（赫尔岑曾述及此事，并表示不屑）——这，是精神上的"不完善"。

正如一切人一样，诗人在精神素质上，最难得的是"完善"。

"完善"如何理解？众所周知，不少诗人、艺术家，确实都有某种程度的精神上的病态，如忧郁症、厌世、自杀……或者道德上的瑕疵，如偷情、寻花问柳、赌博之类。这样的人，是否该排除在"完善者"之外？我以为不该。我所谓诗人的"完善"不是道德、心理意义上的完备，道德、心理没有问题的人，那是"完人"——"完善者"不等于"完人"。我认为"完善者"应当具备这样四种特质：

1. 具有高度的同情心、正义感，即良知；

2. 具有真诚、高远、切实的理想，并且为之奋斗终生；

3. 具有出众的，并且不断自觉发展的才能；

4. 具备深刻的现实洞察力。

以上四点，不止对诗人而言，乃是对一切"完善者"而言。

政治思想的不成熟，是人的不成熟的一部分。不论你做生意多么精明，或者你对古代史如何精通，抑或你在人际交往方面多么八面玲珑，如果你对政治的观念很粗浅、无知，那都说明你不是一个真正成熟、深刻、智慧的人。

这是衡量所有人成熟与否的标准之一，诗人，也不例外。

不过，政治思想成熟者，也可能有其他心理缺陷或者无知之处——它不是人的精神成熟的充分条件。

13

自从进入 20 世纪以来——或者是第一次世界大战之后，人类文学中的痛苦似乎大大地增加了。这是一个巨大的问题。当今世界，人类心灵的沉重有所缓和。但是，我们，还有太多的心灵问题尚未解决，没有缓和。如果文学无视这些心灵危机，那就是伪文学。

14

看看我自己的诗，孤独、忧郁之情居多，这似乎是古已有之的诗人的宿命，虽然一代人有一代人之痛苦，个人有各自的苦痛，但为什么诗的主音总是悲哀愁苦？表达悲情是诗歌作为人之心声的最佳功用吗？不平则鸣、愤怒出诗人、国家不幸诗人幸……难道诗人为人类代言其痛苦是诗人的幸运？抑或是人类的幸福？由此返观：诗人的悲哀之诗写得再好，也不是终极的好，因为——人的普遍的幸福何在？顾随先生说："将来诗要发展到没有伤感也能写好诗。"每见此言，我便感慨：其实人的幸福是首要的，人如果没有那么多的不幸和痛苦，也就不需要这么多悲哀的诗歌了。诗人表达悲哀，是无奈之事，幸福、快乐地生活对于任何一个人都是首要的。

迄今为止，人类好的文学，杰出、伟大的文学，几乎都在悲情痛苦的范围里揭示生活——这，本就是一件可悲之事。所以，我读惠特曼的《草叶集》，就为其中宏阔、乐观、自信、强健、热烈地拥抱和赞美"现在"的精神气息而惊叹，我羡慕惠特曼能够写出罕见的"反悲哀"的诗。从我自己，到中国、到人类都需要这样的文学。然而，为什么我写不出惠特曼这样乐观的诗？我们何时能像草叶一样无所不在，自由舒展？"为什么我的眼里常含泪水？"这是诗人艾青真切地感受到的，它不是无缘无故的。惠特曼在《自我之歌》里说：

> 我歌唱着开展或骄傲的歌，
>
> 我们已经低头容忍得够久了，
>
> 我指出宏伟只不过是发展的结果。

我们何尝不想骄傲地抬头歌唱，越唱越自信、欢快——可是，也许生活的重压让无数人无法骄傲地抬起头颅，纵情歌唱。对，纵情，我们缺少纵情舒展的心情，所以我们发出的声音幽怨、悲切、愤激，我们不健康。木心说读惠特曼的诗，令人神旺。令人神旺的作品极少。许多伤感、悲哀的诗，让人感动，但也令人"气郁"。

15

有时，觉得自己的游历不够，为生活的不自由所累，这不论是对我的眼界、心情，乃至文学创作，都带来了限制。但想想古人——屈原去过多少地方？陶渊明的游历范围也相当有限。当代诗人，如海子，其经历就更简单了。狄金森几乎闭门不出。而这些人照样写了辉耀人类心灵的诗篇。所以，行万里路只对读万卷书、心灵高超的人有重要作用。

文学最终比的是精神高度。诗人是在天空和大地之间飞翔的人。

16

读诗，不要太斤斤于字句，首先要看气象，看作者的生命态度、生活态度。譬如，惠特曼的《欢乐之歌》有这样几句：

啊，当我活着时我要做生命的主宰，而不作它的奴隶，

以一个强有力的胜利者的姿态去面对生活，

没有愤怒，没有烦闷，没有怨恨或轻蔑的批评，

在大气、流水、陆地的尊严的法则面前，证明我的内在灵魂的不可克服，外在的任何事物不能支配我。

这样的话语，会令人精神为之振奋，获得力量感。有此感觉，诗或许已是余事。

艾青说："到世界上来，首先我们是人，再呢，我们写着诗。"（《诗论》）

17

中国有很多爱诗的人、写诗的人，即便在这个金钱社会，仍然有少数痴迷于精神生活的人——诗人、学者、艺术家等等。中国不缺善操文字者。但，许多诗人的诗纤巧有余，而大气浑厚不足。大气浑厚不足，是精神境界的问题。

诗，要超越诗。诗人要站在比诗更大的角度来写诗。

18

我仍然想强调广度。中国现代诗人的作品广度不够。现代文

学有"大河小说"，却没有"大地之诗"。

惠特曼说得好："政治、诗歌、信仰、行为等等，如不能像大地一样广阔，便无足轻重。"（《转动的大地之歌》）

海子的抱负是写"大诗"，那是诗与真理、行动合一的诗歌，我赞成。我觉得海子所谓"大诗"是立体的，富有形上品质，甚至超越了传统所谓"诗歌"内涵的诗。但高度得建立在广度之上，"大"首先得从题材、内容的广阔，艺术风貌的复杂多样入手。在大地般的格局中，产生深度；大美、真理，皆从阔大气象中来。

19

有时，我想到历史上的才人，一代代生出来，永不枯竭，每一个都精彩独异——真是一件美好的事。

20

我曾经认为文学不解决问题，文学只是提出问题。

现在，我认为文学在某种程度上也解决问题。文学保存记忆、唤醒记忆、感发情感、揭示真相、引发思考——这就是解决问题，因为遗忘和麻木已成为我们的大病。

21

真艺术是容不得渣滓的——良知的渣滓。

22

崔永元在《刘震云的家训》一文中说"悲天悯人是作家的标

配",说得真好。没有悲天悯人,侈谈什么诗人、作家?没有悲天悯人的情怀,所谓诗人就只是"写诗的人",所谓小说家只是"写故事的人",所谓"散文家"(散文家比诗人、小说家少得多。"散文家"这个概念有点小,我更愿意用"文章家"这个名词,所谓"文章家"就更少了。可惜,"文章家"这个词,我们现在不用了)就只是"作文的人"……而不是真的"诗人""小说家""文章家"。

悲天悯人的根源是"爱"。

23

从来没有什么"小时代"。时代岂能"小"?除非是青蛙眼,才会有"小时代"。且不说永恒的人性、历史长河之类,仅"表现时代"就已经是对诗人、文学家很高的要求了。

个人、时代、永恒,诗要有这三种东西。

24

时代从来都是大时代。世界广大。但每个人的"世界"——他所见到的、感受到的世界却有大小之别。有时,其间的悬殊会非常大。庄子的《逍遥游》《秋水》篇都讲人的"心灵世界"大小之别。

普通人的世界小,伟人、杰出的精神探索者的世界大。作家是人类心灵的代言人。所以,作家的精神格局要大,越大越好。张载说:"大其心。"

25

司马迁著述的目的是"究天人之际，通古今之变，成一家之言"，此语迄今为真学者之理想。其实，诗人亦当如此。譬如，屈原、陶潜、但丁的诗，不都是"究天人之际"吗？几千年的中国文学史，"究天人之际"者并不多。"成一家之言"者，则所在多有。中国古代文人历史意识浓烈，于"通古今之变"所造深远，成就非凡。但现代以后，且勿论"究天人之际"的诗人——具有深刻的"通古今之变"意识，以及丰美的"通古今之变"诗歌表现的诗人，就相当匮乏。其实，现代作家、学者，都有一个很大的良机——即身逢"三千年未有之变局"。我们所面对的"古"比司马迁面对的"古"更悠久、更丰富，而我们所面对的古今之变也比司马迁面对的古今之变大得多，因而身处如此古今大裂变的时代，我们所遭遇的现象具有史无前例的戏剧性、丰富性、新颖性——以及由此而来的"诗意"。

这难道不是当代诗人的千载良机吗？美国作家何伟（Peter Hessler）说："中国最不缺的就是写作题材。"

26

许多人都热衷于言说文学的"现代性"，但他们似乎忘了让文学呈现出强烈的现代性的特质之一，是大规模的批判性——持续的自觉的批判意识。因为现代的一大特征是民主意识的觉醒，民主意识提高了人的平等意识、自由意识等，所以现代人对压制自由与尊严的一切都意欲反抗，批判乃成为必然。

批判，应该是现代社会以及现代艺术的常态。非为批判而批判，批判是为了扫除自由与尊严的障碍，使人活得像人。

27

功利主义腐蚀了一切，包括诗歌。这是前所未有之事。不过，比起功利主义对学术的戕害来，诗歌还算好，因为写诗仍然换不来多少名利。

28

读书，有时可以是逃避；而写作，严肃的写作则永远是直面，直面自己，直面生活。认真写作的人是可怕的。

29

行动永远追不上思想，写作永远追不上内心，完成永远弥补不了缺憾。

人们走在地上，却常常两脚悬空。

外在生活是一次性的，写作却能以记忆为契点进行"二次生活"，或者可以说写作是"二次元生活"。

写作可以高于无谓的行动，高于无聊的思想。写作是以生活为矿藏的炼金行为。写作使人免于苍白和肤浅。

30

写作的理想境界是——让人逐字逐句地读。能让人逐字逐句去读的，大概就能让人重读。

31

行为艺术是把生活和艺术之间的对位关系做了倒置，从而让我们反思生活。

32

如果一首诗是好诗，那便意味着：所有的世事都是它的背景。

33

德国汉学家顾彬对中国当代文学的一些批评，我觉得很好，见血。即便有些偏激，我们打一些折扣，可能恰好是正解。但他认为中国当代诗歌非常好，某些诗人已是世界级的当代诗人，我不认同。

34

中国现代诗人，多注重中西诗艺的结合问题。其实，还有一个非常重要，且大有可为的领域，即中外文化在诗歌中的融合。中国古代诗人，其文化背景完全是中国的。而现在，我们在新诗中，既可以用中国的古典——包括神话、历史，也可以把西方宗教、神话、历史中的典故写入诗中，甚至可以将其作为诗歌的主题。不过，最有创造性的，应该是把中国文化元素和西方文化元素融进同一作品中，譬如，我的一首诗《吴刚》，就把吴刚砍桂树的神话和西西福斯推石头的神话放在一起，生发出对命运的某种思考。中外文化的融合，要在诗中开出花朵。

但诗歌中中西文化的融合，须经过思考。如歌咏玫瑰花，是西方，尤其是英语文学的爱好，玫瑰在中国文学中却从来不是一种显要的花卉意象。但我发现：现代中国诗人，随口就会在诗中歌咏玫瑰，借玫瑰来抒情，应当是受了英语文学的影响，几乎不假思索地就"玫瑰、玫瑰"了。玫瑰花现在很普遍，当然可以写，但在西方文化中，玫瑰象征爱情，中国本无此传统。中国也有象征爱情的花卉，如荷花、梅花等，我们在表达爱情时，除了使用玫瑰意象，能不能不丢弃荷花、梅花等物象？事实上，中国人假如用玫瑰来表达爱情，总让人觉得是赝品，不真切，这就是文化背景问题。

35

残雪极力主张向西方文学家学习（见残雪《中国当代作家的自卑与堕落》），没错。但向西方文学家学习技艺、技术的背后，还有文化融合与再生的问题，她没说。如果没有与西方的文化融合，以及融合之后的自新、自立，文学层面的借鉴就无法深固。残雪批评的王蒙、阿城的问题，仍然在于其中西文化融合不深。

36

当代新诗，曾经一度，叙事之风盛行，许多人热衷以叙事的方式写诗，而有意疏远抒情。我二十几岁时，看到这种诗和诗学论调，既不怎么欣赏，也不很清楚诗到底应该怎样处理叙事——总觉得那种刻意的叙事诗，过分了。

其实，叙事诗主要是从西方吹来的风。西方的叙事诗渊源悠久，蔚为大观，那是西方文学观念的产物，它甚至跟西方宗教、政治等文化背景都有特定关系，如弥尔顿《失乐园》的宗教内涵，拜伦、普希金诗歌中大量的政治主题、叙事、议论，等等，这种诗在中国从来就不可能产生，即西方叙事诗的发达有其特定的社会文化背景（现在也退潮了）。

中国诗歌的主流从来都是抒情，这有历史的原因。试问：当代中国诗人有可能发表拜伦、普希金那种宏大叙事的政治诗吗？不可能。

当然，叙事从来都是诗歌的一部分。人毕竟是在行动中产生情感的。而我们在诗中能做的叙事，可能主要是"小叙事"了。宏大叙事，无边的叙事，得让小说、戏剧、影视来做。诗要有自知之明。

可问题尚不止于此。当诗人把叙事性看得过高，而有意、无意地贬抑抒情时，诗就不可爱了。很多诗真的变成了分行的叙事散文，而且是不高明的散文。

写了二百多首新诗之后，我发现：叙事在我的诗中越来越多了——有的是以构成部分的面目存在于一首诗中，有的是整体性地以叙事来结构全篇。但我从来没有刻意追求叙事，而是叙事自然而然地来到了我的诗中。这些叙事，非为情节而情节，而是为了传情达意。所以，抒情、叙事、达意，三者须联合起来，才能组成诗的连城璧。叶燮《原诗》认为诗由"情、事、理"三者构成，即此之意。

37

对于杰出诗人、作家来说，历史意识是必须的，历史题材也不可或缺，但文学首要处理的不应该是过去的历史，而应该是现实，活生生的人及其精神。像吴兴华那样企图用他的生花之笔把从黄帝、蚩尤直到近代的动人故事择其精粹全部书写出来的志愿，固是抱负非凡，亦且不失可观，但这未尝不是诗人的悲哀——把历史故事当成最大的宝山、写作方向，已经不是一流的出发点了（这与以历史为题材写出一流作品并不矛盾）。

文学要表现的应当是"人类精神"。我们认为现实重要，是因为现实总是具有历史不曾包含的新意，而且现实与活生生的人具有更切要的关联。但这也不意味着过去的历史不具备生命意义——所有历史都是曾经发生过的现实，其中包含的人类精神，大多都不曾中断，而是以各种变幻的形式不断延续着、演化着。就时间概念而言，历史和现实其实是一个统一体，只不过是类似前天、昨天、今天这样的分别。历史是隐藏在迷雾中的从不消失的追光灯。

但历史中确实有许多东西死去了；或者即便遗踪犹在，却已丧失了原有的意义；或者其意义越来越微弱了——所以，最重要的仍然是当代、现实。"一切历史都是当代史"意谓：客观上，历史可以说明现在；主观上，认识历史，是为了认识现在。惠特曼即有种极为鲜明的高举现在的历史意识，他说："我在过去的基础上把现今举起。"（《我为他歌唱》）

有两个术语：超现实主义、魔幻现实主义。这两种风格、概念都突出艺术的幻想性，可是无论是"超"，抑或"魔幻"，都只是作为限定语附着在"现实主义"前面，没有"现实"，"超"和"魔幻"便无从谈起。现实，是文学的根基，也是一切人类文明的根基。现实是否定不了了，"四大皆空"也是一种"有"。超现实主义、魔幻现实主义的"超""魔幻"，是用来激发现实的因素。在文学中，历史的作用也是如此。

38

象征主义、超现实主义，是现代诗歌艺术表现的两种主要方式。但它们都不是不二法门，并不是所有的诗都适合以象征或超现实的方法来表现。然而，不会使用象征和超现实的手法，肯定不会写现代诗。

39

在行政生活领域，我们有时会说某种作风是形式主义。其实，我不认同作为贬义词的"形式主义"，因为这样说把文牍主义、媚上主义、工作留痕主义、作秀主义等作风抬高了，那些东西够不上形式主义。行政领域的"形式主义"其实是"威权主义"。

而在人文艺术领域，我们长期使用的一个批评不良文风的术语"形式主义"（不是西方文论中的"形式主义"）其实也不存在。因为"形式"从来不可能从内容中单独拎出来加以表现。文学中所谓"形式主义"其实是内容空虚的表现，即思想贫乏、情感无聊，于是似乎只"剩下"了"形式"，其实是内容太空洞。有句话说："没有贫乏的语言，只有贫乏的思想。"此言甚是，古人也早说过。

40

我发现，民国时期的文人多用"创作"一词，如顾随在课堂上说："余今日所讲，皆是为创作做准备。"而新时期以来，我们脱口而出的似乎是"写作"这一术语。主语是作家，谓语便是"写作"。当然我们也说"创作"，多数时候，我们就用"写作"

来指"创作"。大学中文系有一门课程叫"写作课",而不叫"创作课",这合理吗?我们的"写作课"教程里包含了所谓"实用写作",实用写作当然不能称为"创作"。但,为此之故,把文学创作作为主要教学内容的课称为"写作课",而不称之为"创作课",其实不对(所谓"实用写作"就不必在大学课堂里教,自学即可)。

就概念而言,从"创作"到"写作",少了"创造"的意味。

另外,曾经一度,还流行一个词——把写作都不叫写作了,叫"写字",一些作家、文字工作者,把自己的写作行为称为"写字";更有甚者,直接叫"码字"。好像是在自嘲,在解构崇高,其实是在自渎,是对文学的不敬。

然而,"写字""码字"之类的切口,终于没能盛行起来。

41

诗,应该多写,还是少写?这好像是一个问题。我曾经认为诗是不可多得的,如果一个诗人的诗歌数量很多,便可怀疑。但事实并不如此,有很多写得既好又多的诗人,如李白、杜甫,也有以少少许胜多多许者,如陶渊明、特朗斯特罗姆,屈原的诗也不多。所以,诗其实可多、可少。

在尽可能保证质量的前提下,多写,还是少写,取决于诗人的脾性。"李白斗酒诗百篇",李白那么激情、锦心绣口,又不务正业,你让他少写,不可能。杜甫,"为人性僻耽佳句,语不惊人死不休",爱写诗爱到连李白都看不下去了,你让老杜少写,能办到吗?陶渊明,一生只留下一百多首诗,其实他完全可以写出更多的好诗,但他好像无所谓,一点也不执着。一百多首,世界、自我、美、哲学（道），都摆在里面了。

但是，多，多到一定程度，质量就难保了；少，少到一定程度，如只留下几首，或者十几首诗，也很难成为重量级诗人。所以，诗人诗歌数量的多少，没有外在标准，却有一个内在的法则，即艾青在《诗论》中所云："要想得比写得多，不要写得比想得多。"

42

有一种快乐是写现代诗独有，而写旧体诗所没有的，即分节与分行的快乐。

分节或不分节，从第三行分还是从第四行分，从这个词分还是从上一个（或下一个）词分行，如同作曲家作曲调适节奏，又如园艺师修建枝叶使之造成美的形象一样。现代诗的作者在调弄诗的分行与分节时，得到艺术创作的喜悦。

43

旧体诗可以表现当代，但程度很有限。

旧体诗和现代诗的区别是什么呢？有一次，我听诗人陈东东的一个讲座，他说"旧体诗不利于表现个性"，这一观点与我不谋而合。我认为这是旧体诗在现代以后最大的缺陷。因为旧体诗程式化的成分很大，时代越往后，越是如此。而现代诗的语言、结构、风格、文化背景都尚未定型，所以更易见性情，展露个性。

44

海子为农业文明唱出了伤感的挽歌（虽然还不够深入），这种柔弱浪漫的情绪容易引起人们的同情。据说海子几乎完全难以接受、难以适应城市文明。而这正是他的问题——他并不能真正地正视他所处的世界。

直面这个世界——这，应该是一个诗人在精神上的起点。

其实我们的伤害既不来自城市，也非来自乡村，而是来自总体上造成城市、乡村的各种伤害、烦恼的更大的东西。这一点，海子认识到了吗？似乎没有。海子毕竟还是有点像一个孩子，精神上没有发育成熟。只有在精神上成熟了，文学方能成熟，此点无人例外。

45

我们现在写诗，处理精神题材的、沉思意味的诗歌，似乎驾轻就熟，可面对肉体、情欲、激情时，却不知如何措手。我们的诗没能完整地去表现人。作为艺术，我们的诗不知有多少日神精神，但酒神精神确乎罕见。

也许问题出在我们的生活上，我们缺少健康而有激情的生活。

46

在课堂上，我曾经问学生一个问题："什么是苦难？"

一个学生回答说："一切不美好的事物都是苦难。"说得真好。或以为此说法有些夸大，其实并非夸大，而是我们对不美好的事物已经习惯了。如果说诗是美的，那么也可以说诗是对苦难的一种克服，尽管其力量有限。

47

要理解什么是诗，需先认清什么是"反诗"。"反诗"的第一要点，是对个人自由的压迫，即人对人的奴役。

48

对一位中年诗人来说，堪忧的不是风格、气息仍在变化，而是固定不变。

49

简洁，是穿透力。穿透力是一种高级智慧。

50

文白结合，诗比散文难。

51

散文句子可以长，诗句不能太长。

52

"口语诗"，是对"诗"和"口语"的双重误解。

53

我不大瞧得起文学上的地方主义。

福克纳小说中的故事，几乎都以约克纳帕塔法县为背景，但这些故事确实以小见大，折射出人类的心灵状态。福克纳并没有提出"约克纳帕塔法文学"的口号，他只是"近取诸譬"而已。

当代中国文坛则充斥着"某省文学""某市文学""某县诗人群""某省诗歌八骏""西部文学""江南文学"之类的各种旗号。占山为王，排座次，封名号……许多文人以此获取扬名立万的神符。照这样的做派，北宋的晏殊、欧阳修、王安石、曾巩、黄庭坚等人，就得把江西文学、江西诗人吹上天，年年搞江西诗歌研讨会？他们这样做了吗？没有。因为那是小文人的做派。魏晋时期的"建安七子"以时代论俊彦，"竹林七贤"因精神而凝聚。南朝梁的"竟陵八友"已不能与"七子"与"七贤"并论，但也不以地域分。历史上好以地域自封文艺集团的，往往是小朝廷、小王国。《花间集》就是后蜀文学小气象的结晶。南宋有所谓"永嘉四灵"，永嘉即今温州地区。南宋本就是半壁河山，温州也只是一郡而已，而所谓"四灵"都是小诗人，"永嘉四灵"开了文人小地方意识的先河。此点，明、清两代尤其泛滥，不足取。

文学书写地域、地方的风物、人情是正常，而且是必然的——因为作家都生活在特定的地域，他们熟悉其长期生活的地域，地方特色会有意无意地被带出来。地域差异、特色，应该被表现出来，文学才能真实、丰富。如中国文学，北方文学与南方文学确乎不同；西北与江南不同；同是西北，陕西与新疆、西藏也很不同。不同的地域差异（自然的、人文的）必然会导致不同的文学风貌，所谓"文学地理学"就建立在这样的原理上。但如果过分强调地域差异，就会造成视野的阻隔和精神的狭隘。文学毕竟是以普遍的精神世界为归宿的。文学的内容尽可以写地方特色，但文学的作者动辄以地方归类、评价，实为虚妄之事。

要当诗人、文学家，最好以历史论，向古人、先贤看齐，包括外国的先贤；其次是向当代最杰出的作者看齐。人最终是在历史中被评价的，而不是在地域中。在历史中，我们比的是高度。

54

20 世纪之前的诗歌，包括 1000 年前、500 年前的诗歌对于现代主义之后的诗人不一定过时。尽管在写法上已有了不少差异，但现代诗未必具备前现代诗歌中的很多精神品质，譬如拜伦、普希金的反抗精神，雪莱的纯真，歌德的博爱，但丁的广大深邃，唐诗的风流高华，宋词的细腻清丽，李白的俊逸不羁，陶潜的真醇智慧……且不论诗艺如何，现代诗人是否在精神上焕发出了和这些古人同样的光彩呢？

55

但丁的《神曲》是伟大的文学作品。但我无法接受最终那个光明的天堂的结局。《地狱篇》最有力量，《炼狱篇》和《天堂篇》力量逐渐减弱。《离骚》中的屈原也企图进入天界，希望得救，但天界的云雾把他推了下来。他看到的真相是：没有立足之处。于是，他认可了死亡。

所以，我的诗中不存在天堂、天国。但我总是情不自禁地写到"天空"。

不过，《神曲》中那个光明的天堂，也可以理解成对人间地狱的蔑视。那其实是最悲伤的。

56

李白的叛逆精神、自由精神大于杜甫。诗人的自由，不可以成败论；而且，追求自由是要付出代价的。陶渊明何尝不叛逆？

拜伦，就更彻底了，他背叛了那背叛自由的英国，为希腊人民争取自由的战争献出了生命。因而，所谓诗人的"独立""高贵"，不是作为一个国民，而是作为人的自由精神的代表存在的。

57

不是孤独，而是孤立。屈原、陶潜、李白、拜伦，都生活在了孤立状态中。孤独终究是渺小的。人在宇宙中，谁不孤独、渺小？孤立，则是人的一种社会处境、精神处境。孤立是属于强者的，是个人与世俗社会的对峙状态。

58

惠特曼的自信、昂健，是特殊社会背景的产物。同样是美国诗人，艾略特，那么痛苦；西尔维娅·普拉斯，简直是沉溺于死亡了。时代氛围，如天网恢恢。

59

苏轼云"绚烂至极而归于平淡"，此言易引起一个误解，即"平淡"是一种极高的境界，只有经过峥嵘绚烂之后，才能归于平淡。其实未必。如果拥有平淡的天性，无须经过"绚烂至极"，就可以有平淡作风。只不过，随着诗人阅历的增长，功力的加深，此平淡会越来越深厚。

60

我不喜欢当代中国诗人动不动把杜甫的诗歌技艺吹上天，好像他们一捧杜甫，就获得了一种大师的眼光。杜甫的诗歌技艺再高，你也不可能从杜甫的古诗技巧里点化出多少新诗写作的妙招了。作为现代诗的写作者，我们最能够继承杜甫的还是他的忧患精神、他的博爱。当代诗人要从古典诗人那里汲取营养，技巧是次要的，首要的应当是精神、气质。譬如，屈原的正直、高洁、深刻的怀疑精神；而面对陶渊明，没有什么比学习他那抱道守真的精神更重要的了。李白呢？我们可曾有他那样率真、傲岸的人格？这些精神品质，都是超越古今语言以及诗歌形式的。

61

诗的音乐性。古代诗人中，屈原之后，音乐性最好的是李白。当代诗人中，音乐性最好的是海子。海子的音乐性虽然还未达到普遍圆融之境，但他有意识地在写"可歌可泣"的诗。李白、海子诗歌的魅惑力与其音乐性有直接关系。这主要是天赋使然。音乐性是以声音的方式直接抓人。

现代诗，音乐性的关键，不是韵脚，而是节奏。美国诗人奥森把诗的节奏比之为呼吸。人的呼吸是随情绪的起伏而变化的。现代诗的节奏感，越接近呼吸的本质，就越好。

节奏的关键在于转换、配合。句子长短的转换、情景转换、情绪转换、虚实转换、大小转换等等。转换是为了相生、相续。

安排诗歌句式的奥秘：长短错落。词、古体诗、乐府诗的句式，都可资现代诗借鉴。齐言诗不宜模仿。

62

"格律"与"韵律"不同。诗的听觉美感是韵律感，韵律感是目的，格律只是手段之一。可是格律发明出来后，我们却渐渐把格律当成目的了。或者我们用一个更模糊的概念——"诗的音乐性"。格律法则，是为了赋予诗更好的音乐性。许多人"死于句下"。

杜甫的诗比李白格律精严，但就阅读直感而言，李白诗的音乐性、韵律感却比杜诗好，原因即在于李白诗更富有超乎"格律"的无形的韵律之美，此点和他的天才成正比。韵律不仅与平仄、押韵、换韵、对仗有关，也与气势、气韵、情绪的变化节奏，以及不同于"平仄法则"的节奏，乃至诗意的变化等因素有关。韵律没有一定之规，乃无法之法，运用之妙，存乎一心。格律靠人工，韵律主要靠天分，后天也可修养。

现代诗，非要讲格律，是没有出路的，但可以追求韵律。海子的一些短诗，读来感觉很好，原因之一即是富于韵律感，比讲求"新格律"的闻一多等人的诗韵律感好多了。顾城的诗，虽然单薄，但比较富于韵律。

63

在阅读了马雅可夫斯基的诗以后，我一时产生了学习他那种讽刺诗的念头，因为讽刺在当代诗歌中仍有很大的现实意义。但我很快觉悟：马雅可夫斯基的那种调子、气息是学不来的。后来，我发现，其实我的诗中就有很多反讽、很多"刺"，只不过不是马雅可夫斯基那种外露、张扬的形式。马雅可夫斯基的那种讽刺诗，也是特殊政治环境的产物。

讽刺可以是利剑、匕首，也可以是一杯毒酒——朝我们所愤恨的人灌下去。

像果戈理、赫尔岑、鲁迅那样冷嘲热讽，掷飞刀，像马雅可夫斯基那样画漫画，是讽刺；像巴别尔那样看穿人世的荒诞而嘲弄一切，悲悯一切，是讽刺；像阮籍那样抛白眼，也是讽刺。阮籍在文字中能像鲁迅、马雅可夫斯基那样痛快地讽刺吗？不行。他只能少量地、非常隐晦地讥刺世道，而那只是他内心的一瞥，于是，他抛白眼。一个人必然是在生活中讽刺，然后才在文字中讽刺的。如果没有讽刺，我们可能就会活得像狗一样，历史上有过这样的时期。

我为什么要讽刺？想想儿时一派纯真的我，就知道：讽刺是人后天的习性，是人与生活相撞击的产物。赫尔岑说："讽刺是苦闷的发泄，他看到逻辑的真理与历史的真理并不一致。"（《往事与随想》）其实，理想的文学不是讽刺文学，讽刺是苦涩的、不得已的，它是矛盾和痛苦的呈现。讽刺是揭露，但缺少安慰。人真可怜。拜伦《唐璜》中有这样几句话，令我戚戚：

> 如果说，我嘲笑是为了什么人或事，
> 那是为了免得我哭；若是我哭，
> 那是因为我们的天性受不了
> 不断地失望，而有违心愿的事物
> 却总是层出不穷，除非你把心
> 沉在忘川的渊底，不再问世务。

我在《顾随的"鲁迅论"》一文中谈及"讽刺"："讽刺并不是文学的第一义。倘若天下太平，岁月静好，鲁迅何必去骂人？"伤感是无奈，而讽刺的效用也有限，但文学本身的效用不就是有限的吗？故讽刺自有其价值。

然而，论艺术，最有魅力的肯定不是讽刺。希尼在评论爱尔兰诗人卡瓦纳时说："在诗中，他弃绝讽刺，因为讽刺是一种被动反映的艺术，一种'无成果的祈祷'；相反，他拥抱更深层、自主和狂喜的爱的艺术本身。"接着引用卡瓦纳的诗句如下：

> 但讽刺是无成果的祈祷，
> 只是些可怜的乱射，
> 你必须进入腹地，
> 迷失于同情的狂喜，
> 那儿痛苦升腾在夏天的空气中——
> 磨难已变成一颗星。

卡瓦纳对讽刺的弃绝，主要基于讽刺在创作心理中的"被动"机制，此"被动"即说明它本非最佳选择，乃不得已也。

64

钟敬文说："诗人的主要态度不外美和刺。"（《兰窗诗论集》）此说甚是。

美者，赞扬、歌颂；刺，即是讽刺、批判。发扬光明、打击黑暗，文学的精神指向无非是这两点。写人性的美好、生活的美好，当然使人愉悦，但如果只写美好，那肯定不全面、不真实——我把这种文学称为"向日葵式的文学"，文学不是向日葵，因为生活中有很多假、丑、恶。现代文学中也有一种论调，说文学的功用即在于批判。这种说法强调了批判的重要，但文学也不等于揭露假、丑、恶，因为世界还有光明的一面，更重要的是——人心向往光明，文学要表达出人即使面对地狱也不屈服于黑暗的向善之心、爱美之心。人类心灵中必然有这样的理想的火种，不可灭绝，所以人类才能够存在。诚哉"诗人的主要态度不外美和刺"，美和刺，必须同时存在。

65

有这样一种文学作品：它的能指会超出作者想表达的意思、意味。这超越性的更大的蕴含潜藏在文本深处，如果你用更深、更开阔的眼光看它，它的意义就随之增大。譬如，辛弃疾的《菩萨蛮·书江西造口壁》，读来感慨极深，堂庑特大，盖因稼轩在简短的篇幅中把北宋倾覆、山河沦丧乃至数十年来的恢复无望的悲哀愁郁，尽皆包蕴其中。"郁孤台下清江水，中间多少行人泪。西北望长安，可怜无数山。青山遮不住，毕竟东流去。江晚正愁余，山深闻鹧鸪。"全词重心在"青山遮不住，毕竟东流去"二句，喻指恢复无望的时代趋势。可是，当你凝视此二句，反复吟味之时，刹那间或许会觉得"青山遮不住，毕竟东流去"是存在于历史当中的个人面对一切历史的终极慨叹，岂止是一个时代的终结……梁启超评价稼轩此首《菩萨蛮》道："此《菩萨蛮》大声镗鞳，未曾有也。"这"未曾有也"的"大声"是什么？任公没有说。大约就是一种极为深远的对历史遗憾的浩叹。而这种感觉正是《菩萨蛮》超出了其原本所指的深不可测的能指。

66

悲哀与悲剧不同。东坡是悲哀，稼轩已非悲哀所能形容。"青山遮不住，毕竟东流去""风流总被雨打风吹去""惜春长怕花开早，更何况落红无数?"这是悲剧感。悲剧是眼看着毁灭蔓延，中心灼痛，宿命感沦肌浃髓。悲哀则有些痛定思痛的感觉，如陈与义"高咏楚辞酬午日，天涯节序匆匆。榴花不似舞裙红。无人知此意，歌罢满帘风"，这是悲哀。悲哀与悲剧似并无高下之分。

67

我几乎没有诗友，就是自己写。

2017 年国庆假期，我和父亲去湖北旅游，在武汉与我的诗集《待春风》的编辑、长江文艺出版社诗歌出版中心的沉河先生见了一面，他说："你的诗没有习气，是自己琢磨出来的那种。"沉河毕竟熟悉当代诗坛，他说得很准。我自己对此其实感受不深，他从旁观的角度看得更清楚。经沉河一说，我对我的诗有了更深的认识。

但是，"独学而无友，则孤陋而寡闻"，譬如，歌德和席勒假如不曾相识，并深刻影响对方的话，他们各自的成就恐怕都会缩减。假如杜甫不认识李白，相结为友，他后来的诗歌成就可能会打折扣……

其实，我向往惺惺相惜，向往相互激发、相互补益……而时代的车轮太快，我们很容易就度过了孤寂、贫乏的一生。

68

我的文学气质是典型的北方气质。

69

对我而言，似乎春天是写诗的高潮期。

70

我已多年很少流泪。但看到别人流泪，常忍不住流泪，像一种怪病一样。这大概是我 40 岁之后还能不断写诗的原因之一。

71

我的写作中，没有任何谄媚。

72

因为我没有参与任何诗歌流派或群体，所以我不打算谈论诗歌流派或诗群。诗就是诗，诗人就是诗人，无他。

73

一个学生在给我的留言里说："赵老师，听你的课，我会安静下来。你不是用语言在讲课，你是用灵魂在讲课。"

我希望读者读到我写下的诗、文，也有这样的感觉——这个人是用灵魂在写。

74

我情不自禁地写下许多历史诗，是我发自深心的历史意识使然。写下这些诗，仿佛是在为前人还债——历史中有太多的悲剧遭人遗忘，太多的动人被人忽略，历史把这些赐予我们，而我们随手将之抛弃，于是，我们不断失去精神的财富、教训，无休止地重复着前人的蒙昧和错误……

75

写历史是从写"小我"进入写"大我"的必然。

历史诗有两种类型：一种是书写具体的历史人物或事件，古代的咏史诗大多如此，现代照旧；另一种是咏叹、沉思历史本身，如王安石的七律《咏史》。我的"咏史诗"有一种完全是现代的，即《当天史》《当代史》《世纪史》《现代史》《近代史》《人类史》等几首，因为这些历史观念是古代没有的。现代人的历史意识更复杂。而且，我们的历史观念融合了中国与世界。所以，我会有《人类史》这样的思绪和作品。《人类史》怎么写呢？我写了五行：

窗帘，北风掀开了
托洛茨基的笔
在纸上梦见奥德赛
杀手抵达墨西哥
一个虚无，在雷电中漫步

我用了托洛茨基的事典。托洛茨基被追杀，隐居在墨西哥，仍然坚韧强毅，笔耕不辍。可是，有一天，杀手最终还是搜索到了托洛茨基，在一阵冰镐的狂击之下，托洛茨基倒下了……很难说清楚——当我对人类生活、命运产生了某种感喟时，我直觉地想到了这件事，仿佛觉得它包涵了人类生活与命运的无限复杂、难以言表的意蕴，于是，我就让这五句话来暗示人类史。

76

二十三四岁时，我看到许多现代诗歌中都飘浮着"死"这个意象、主题，曾感到怀疑——这些诗人如此强烈的死亡意识是真实的吗？我以为那是一种故作高深的做作。后来，我惊奇地发现我的诗中出现了越来越多的死亡意象——我成了我曾经怀疑过的那种诗人。不管他人的死亡诗歌是否真实，我确定"死亡意识"在我的诗歌中是真实的，而且越来越浓重了。

我的第一首强烈触及死亡的诗是写给汶川地震中死难孩子的《云游的夏天》。对，我发现，我的死亡意识正是从 2008 年开始凸显出来，汶川地震深刻地强化了我的死亡意识，于我而言，死亡成了与生命同在的东西。《死亡游戏》（致李小龙）、《五月》《论坍塌》《假如我醒来》《上帝大哭了一场》（关于小悦悦事件）、《哀歌》《滔天》《魂不安曲》等诗都反映了我的死亡意识，它常常与我对人的苦难的哀恸浑融一片。生命似乎是一件逐渐觉醒的事情。另外，对克里希那穆提的阅读，也让我对生死问题有了很多觉思。

77

一个文学家最本源的禀赋可能不是观察力、想象力之类，而是多情，天生情感丰富、细腻。多情的个性，在儿童时期就可以表现出来。

78

儿童真是天生的诗人。许多儿童都可以随口说出诗一般的话语来。比如，有一次，我说到"美女"这个词，我的三岁的儿子赵玄圃立即说：

> 美女就是美，
>
> 风吹就是美，
>
> 下雨就是美，
>
> 到海边就是美。

这四句话，不就是诗吗？配个诗题，叫《美》，就构成了一首完整的诗。简单而又不简单。

还有一次，我喝红酒时，四岁的儿子说道：

> 我要把红酒变成阳光的味道。
>
> 阳光是软的，
>
> 像纸一样软。

三句话，如果加一个诗题《红酒》，就是很棒的短诗。其感觉之新鲜、灵转、温柔，成人未必想得出。即便想得出这样的话语，未必会像儿童这么敏捷。古人说李白的诗用"胸口一喷即是"，即其"天生好言语"，仿佛不假思索，儿童的诗性话语就是如此，其特点为纯真、自然、敏捷、温柔。为什么儿童身上有更多的诗性，或者说"诗的天才"。原因大约可以用古人评价《诗经》的一句话来说明，即"思无邪"。关键在于儿童心灵的无邪。心灵越是无邪（即纯真），感觉越灵敏，想象力越自由，就如同光在干净的空气中会传播得更通畅一样。庄子说"其嗜欲深者，其天机浅"，儿童的嗜欲比成人少得多，所以其天机深。天机，便是灵性。

79

儿歌、童话散文里面有些作品，是非常好的诗。我在《幼儿画报》看到这样一篇散文《树的眼睛》，读来觉得是极美的诗，其文如下：

> 我走进树林，就看见一排排杨树，列队欢迎我。
> 他们不仅有笔直的身躯，还有翠绿的叶子。
> 还有鸟巢搭建在枝叶间，从那里传来鸟的叫声。
> 我最喜欢的是树干上的眼睛，一只一只那么传神，好像在说：欢迎你来到我们的家园。
> 看着树的眼睛，我走进树林。

这是意境多么美好的诗！结尾尤其好。此文的作者是金波，著名儿童文学作家。成年人能写出这样极简单又极美丽动人的诗，难得啊。

有首儿歌，我觉得是极美的诗："弯弯的月儿小小的船，小小的船儿两头尖，我在小小的船上坐，只看见闪闪的星星蓝蓝的天。"很小时就会念，很晚才知道这首诗的作者是叶圣陶。小时候念这几句只是享受，后来学了文学，突然悟得：这几句话真是美极了，好极了！这是天籁之文，没有知识、智慧，唯有灵性。文学可以给人以灵性。

80

我相信，真正的文学家都有这样一种向往，或者遗憾——当他阅读了无数深挚动人的文学篇章，放下书本，涌入人流，或者再一次望见无尽的山水、天空，他会觉得没有任何一本书，哪怕是一部伟大的作品，能写尽一切。譬如，即便你读完《战争与和平》《红楼梦》之类的伟大小说，或者惠特曼的《草叶集》这样用一生去写的丰厚诗集，也觉得它们仍未穷尽一切。或许，在大作家的作品中，潜藏着那种企图道尽一切的努力，如但丁的《神曲》。而面对世界，穷形尽相，是文学中的"极限"，永不可到达。所以，这也是永恒的遗憾。万事万物相互关联，世界永远熟悉又永远陌生地向我们涌来……向着言说一切事物的极限追索，是文学家的使命。

因而，在某种意义上，一个文学家一生都是在写一部书，一部残缺之书。所以，惠特曼把他一生的诗都汇入一部诗集——《草叶集》，巴尔扎克将其所有的小说总命名为《人间喜剧》。他们企图完成的是囊括宇宙、自我和社会的大书。中国的老子、庄子也有囊括一切的雄心和格局。因此，我有时想：《庄子》这部书或许应该换一个更合适的书名。老子曰《道德》，《庄子》可命名为《天地》。

81

中国儒家文化讲"敬"，敬天，敬地，敬人，"敬"就是尊重。现代流行文化扩张了一种意识——"崇拜"。崇拜意识当然自古有之，但从未像现代如此泛滥。敬，我认为其中包含了一种微妙的平等意识，此点，"主敬"的理学家们可能不大注意。敬，有种距离感，"崇拜"则无。举案齐眉，相敬如宾，多好。"敬"是节制的，崇拜是狂热的。"敬人者，人恒敬之"。敬，是一面镜子，人在"敬"中才能看见他人，看见自己。从"敬"到"崇拜"的意识变迁，影响到现代社会、政治变迁的方方面面，包括艺术。譬如，古代的山水诗、山水画之所以高妙，即因其中有对山水的"敬意"。古人字好，原因之一是写字时心中怀有对"字"的敬意。现在人，一边写字一边盘算着得奖或卖大钱，如何写得好"书法"？中国古代有"敬惜字纸"的观念。有些村子的百姓家有字纸篮，年终时把字纸篮的字纸收集起来放进塔形的石质的焚纸炉里，郑重地烧掉。浙江东阳一地的焚纸炉有这样两副联语，一曰"点化斯文归大造，搜罗故纸付洪钧"，横批"所过者化"；另一联："大极归无极，无知觉后知。"横批"经天纬地"。有字的纸代表"斯文"，斯文亦大矣！字纸不能轻易毁弃，而须以庄重的礼仪付之于"无极"之中。这便是"敬"，对文化的敬重。现在，焚纸炉早已是遥远的传说了。

82

迄今为止，2018 年，我们所谈论的诗人、作家、科学家、各种文化人物……大多都是 20 世纪上半期的，无论中国、外国，皆是如此。

这是令人遗憾的事。Post War 是历史的分水岭吗？

83

现在最可怕的尚不是创造力的衰退。最可怕的是"创造欲"的衰退。历史上文化最繁盛的时代，都是创造欲最强的时代。先有创造欲，然后有创造力。

创造欲来自于人的兴趣、理想、志向。我们的创造欲被感官欲望和虚荣心扼杀了。此外，人如长期被社会规训，势必只求苟安，而无心创造矣。

84

人的一个神秘之处，是志向的出现。在年少时期，从天性中浮现出来的对某种志业的向往，是个人的精神史中的一件大事。

不过，有人有志向，有人没志向，这也是神秘的事。

85

读诗的好处之一，是读诗没有读长篇小说的那种威压感。现代人太忙碌了。我读《战争与和平》，断断续续好几个月才读毕。虽然读时觉得很棒，但每当捧着那沉甸甸的书本，眼看未读的还有很多，就望洋兴叹。

读诗，还有一好处是可以背诵。一首好诗，完全可以背得滚瓜烂熟。有人可以把"诗三百"背下来。据说陈独秀可以把《杜工部集》背下来。但如果你打算把《红楼梦》背下来，估计非晕倒不可。相传茅盾可以背出整部《红楼梦》，这是真的吗？

86

这些年来多强调文与史之关系，提倡所谓"文史互证"。这是学术时尚论调。其实，文学与哲学的关系更密切，二者都深通于人的内在精神，即人心，其关注的基点都是人的存在问题。文学与哲学实皆为心学。真正的文学须有"文心"在其中，即人的生命、性情。

当然历史是重要的，一切都在历史中，哲学也是历史的产物。

但学文学，不能重了历史，轻了哲学。

87

里尔克在《诗是经验》一文中说："诗并非像人们认为的那样是感情（说到感情，以前够多了），而是经验。为了写一行诗，必然观察许多城市，观察各种人和物，必须认识各种动物，必须感受鸟雀如何飞翔，必须知晓小花在晨曦中开放的神采。"这种认为诗的根基在于生存体验的观点，在中国古代也可找到知音，如陆游《示子遹》云："汝果欲学诗，功夫在诗外"；《题萧彦毓诗卷后》云："法不孤生自古同，痴人乃欲镂虚空；君诗妙处吾能识，正在山程水驿中。"

十九岁就终止了诗歌创作的兰波，被推为罕见的天才诗人。兰波的诗的确有独创性，惊才绝艳，但我并不认为他的诗歌成就巨大。兰波用他的天才之手打开了一扇门，光芒四射，然后就消失了，那个未知的苍茫世界需要后人去探索。十九岁的兰波毕竟未臻成熟。文学的成熟，终究取决于作家心智的成熟，而心智的成熟需要在岁月中积淀下来的经验。

不过，"诗是经验"这一说法也不是对诗歌最好的定位。诗，岂止是经验？诗也有超验。如"霓为衣兮风为马，云之君兮纷纷而来下"，此太白之诗。如"而在深渊的浮桥与客栈屋顶，火云给桅杆挂上了彩旗。神像倒塌，牵动了高空的原野，仙人们在雪崩中沦落天涯。……雄鹿脚踏瀑布与荆棘，抬头吮吸月神的乳汁……"这是兰波的散文诗。再以我的诗句为例——"死神像一只被击毙的鸽子/'啪'地打在窗玻璃上"（《滔天》），以上诗句来自经验吗？触及的是经验吗？恐怕与超验有关。超验与人的幻想有关，但不离感觉。不知里尔克是否有别的说法。

88

学问的干货是见识。文学的干货，是真感情、真感觉、真思想。干货是让人受用的有力量的东西，真东西。

89

一个写作者会不会遇到这种情况——自己写的东西，自己都不爱看？会的。

90

修改，一点勉强不得。修改也需要灵感的再次闪现。

91

好的食物、酒、咖啡、香水，都有"后味"。好的诗、文也应有后味。后味，厚味。

92

文学创作要面对的首要的事，就是：你写的是小我，还是大我？在小我和大我之间，你在哪个维度上？或问："小我和大我的区别是什么？"曰："你把你写的东西想象成一个容器，把别人往里放，看能不能放进去？能放进去多少？你的这个容器，容纳他人越多，就越趋向于大我，反之，则为小我。"

93

文学不可太唯美。太唯美易滑向"银样镴枪头"。世界上有美轮美奂的事物，但作为一个整体的世界不是唯美的。济慈说得好："美即是真，真即是美。"懂得了真，才能懂得美。

94

顾随说陶渊明是千古"素诗"（Naked Poem）之祖。木心说，伟大的艺术是裸体的，我们的文学多是"服装文学"。但"裸体艺术"、素诗极少见，甚难。木心的文学也仍是"服装文学"。

当代中国缺少素诗。

但素诗可遇而不可求，既有"清水出芙蓉"般的清丽，又有渊深停蓄的厚重感，能达此境界者寥寥无几。文学、文字总归是要修饰的，关键是不能"以辞害意"。文字不可过于华丽，亦不可过于艰深。顾随先生批评曹植诗不如曹操，即因曹植的诗过于豪华，而内蕴不足。再如马尔克斯的小说，文字也有过于华丽之嫌，其内涵并没有读者期待的那么足。要论小说文字之美，马尔克斯能比得过福克纳吗？福克纳的语言真是好到家了。文学家的文字可以接近某种极致的好，但没有一个文学家可以让其作品的内涵达到极致。语言是精美度，内涵是深度、广度、高度。人类的语言之精妙是有限的，而精神的广度和深度却是无限的。言有尽而意无穷。

95

提及"打工诗人"许立志的诗《我咽下一枚铁做的月亮》，

必须引用全诗：

> 我咽下一枚铁做的月亮
>
> 他们把它叫做螺丝
>
> 我咽下这工业的废水，失业的订单
>
> 那些低于机台的青春早早夭亡
>
> 我咽下奔波，咽下流离失所
>
> 咽下人行天桥，咽下长满水锈的生活
>
> 我再咽不下了
>
> 所有我曾经咽下的现在都从喉咙汹涌而出
>
> 在祖国的领土上铺成一首
>
> 耻辱的诗

这是当代中国的一篇诗歌杰作，可传之永久，一句一句像金属敲击一样在阔大的空间里震响，使人灵魂战栗。在这首诗面前，许多当代诗作者都应愧赧。

96

钟敬文说："人类的审美观念，如果不是心理学上的一种神迹，那么，它决不会在整个社会进化的生活体系中，单独保持着纯粹天然的状态。"（《兰窗诗论总集》）这是我很喜欢的一个对人的审美观念的解说。对人的审美观念（或"审美意识"）的解释大抵有两种方向，一种是从理性的角度解释，另一种是从神秘的感性角度来解释。"美学"的产生、发展，让我们对"美""审美"的本质有了众多解说，但始终莫衷一是。我们可能也逐渐忽略了审美的神秘性。我以为，人的审美既是可知的，又是神秘的、不可知的。庄子所谓"天地有大美而不言"大约即认为美是神秘的、不可知不可说的。

97

文学创作和文学研究的区别之一，是文学创作直接和生命打交道，而文学研究很多时候都是在生命外部打转。

98

我在讲古代文学课时，曾问学生："欧阳修、王安石、苏轼这些人都是官员、政治家，公务很繁忙，却写了这么多诗、文、著作，我们现在书写比古人方便多了，却很难在保证质量的前提下，写这么多东西，你们知道为什么吗？"学生默然。我说："因为古代的文人不用做家务。"学生笑了。

我这是调侃，但也是感悟。因为古代的文人大多为男性，而男人几乎都不做家务，有些地位的，生活上都由妻、妾、仆人伺候着，所以尽管他们公务繁忙，忙完公事，却有大量的时间读书作文、交游酬酢。黄庭坚诗曰："痴儿了却公家事，快阁东西倚晚晴"（《登快阁》），这种下班后的轻松感，是以不做家务为前提的。现代以后，男人，尤其城市化程度较深的男性，再也不是只上厅堂不下厨房的角色了，凡女人能干的家务，没有男人不做的，诸如买菜做饭洗衣搞卫生带孩子之类；女人做不了的，男人当然更得做，如一些粗重的家务活。干多干少，是另一回事，反正道理上，做家务男女都应当。因此，我估计古代文人的闲暇比现代文人的多。读书、思考、写作，需要大量的独处时间。古代中西文化皆发源于贵族，即因贵族不用干体力活，有充分的闲暇从事文化创造。时间太重要了。

99

我时常想起杜甫怜惜李白的"世人皆欲杀，吾意独怜才"这句话，由此两句，可以见出李白在当时与众人的关系。"世人皆欲杀"，简直让人惊心、可怕。我们不是李白——假如你是李白的同代人呢，你会如何对待李白？别看李白那么潇洒，他的潇洒是以犯众怒为前提的（"众人见我恒殊调，闻余大言皆冷笑"），那么，你真的热爱李白吗？像屈原、陶潜、李白那么高傲、执拗的人，像鲁迅那么尖锐的人，如果是你的同事，或者是你所在城市同圈里的人，你真的会喜欢他们、学习他们吗？把屈原、陶潜、李白、鲁迅等人大肆挂在嘴上、写在文章里的人，有多少是和他们在同一立场者？你愿意像他们那样与庸众对峙吗？阎连科说鲁迅早已从当代文学中退场了——是的，这才是真相，屈、陶、李、鲁的精神、风骨从我们的生活中、艺术中退场了，可是我们研究、言说他们的文章何其多也。反过来想：屈、陶、李、鲁等人会喜欢我们吗？

在现代社会，"文人"已是一种情怀和素养，与职业无关了。

100

人有对"名"的欲望。文人更甚。可是，一个人成了名人，比如鲁迅这样的大名人，其一生经历的细枝末节、鸡毛蒜皮，都被好事者挖掘、数说到了脚后跟，也是悲哀。

101

历史上的大诗人、大作家，他们的长处显而易见，我们说得太多了，引用别人的评价都不会错，几乎了无新意。故更难能可贵的，是见出大师们的短处、缺点。顾随先生评论作家，有一好处，即既能道出其优胜，又能指出其不足。如他说屈原"太伤感"；说李白才气有余，深沉不足，富于幻想，而其幻想并无根，只有美，唯美；说杜甫，有时用力太过，等等。再如许思园说"太白诗能给千万人以灵感，但不能给人以智慧"（《李太白论》）；说杜甫"不离当前现实，殊鲜世外之音，文情未见高玄，天趣不丰，亦乏妩媚，浩荡感激，而少无我双遣、从容不迫之致"（《杜少陵论》），又云"盖诗之境域广大无边，固不能求备于人，用力深而愈知其探索无尽耳"（《杜少陵论》），这真是文学批评的正确态度。

再如鲁迅。现在"鲁学"何其繁复、臃肿！研究鲁迅重要，从精神上继承鲁迅更重要，而思考鲁迅的不足也是重要的。否则我们如何超越、前进？我的私见是：鲁迅在思想上的问题是破坏有余，而建设不足。现代历史的方方面面证明，建设比破坏难多了。

102

有时我想：在思想如此贫乏的时代，思想、学术、文学创作能有多大成就？战国之后，中国再没有大思想家。我们能有多大创造？读书人大多在辞章中讨生活。我们的思想是僵滞的，行动又受制于僵化的思想，而现实却在不息的变动中。历史的动向，或许可以洞穿，理想却难以实现，我们在前进的路上一再受挫、失败，如同那些前代的志士……然而，朝正确的方向走去，无论走多远，便是价值所在。

写于 2018 年 4 月至 2019 年 3 月

附录

卷三

心灵的旅者　灵魂的诗人

——访诗人赵鲲

马　楠

初次与赵鲲通话，他的声音平淡却有力，语气不疾不徐，透着一股沉郁在里面，我的声音也不由自主地低了下来，好像生怕惊扰了他似的。见到赵鲲后，他淡然安静的气质仿佛与生俱来——没有过多的装饰，没有卖弄造作的吹嘘，整个交谈过程都是平淡和谐的，但却一次次地敲击着我的心灵。与赵鲲的交流，更像是一种不能片刻停止的思考过程，因为他不仅会不断将问题抛给你，同时也是我见过的最不按"套路"出牌的采访对象，却也是我收获最多的一次采访。

初见诗人

见到赵鲲，是在他的家里，他坐在单人沙发上，桌上摆着茶具，聊天过程中，时而斟一杯清茶在精致的茶杯中，慢慢品味。在茶香的氤氲中，采访氛围更加地富有诗意。他对我说："我上火了，喝茶败火。"

因为这次采访较为仓促，还没来得及细读赵鲲的诗作，所以内心总是忐忑不安，生怕出现差错，但赵鲲总能用他优雅的谈吐让采访过程变得轻松而愉悦。

赵鲲 2013 年毕业于西北师范大学，获中国古代文学专业博士学位，研究方向是古今文学演变，现任教于天水师范学院，主讲中国古代文学。虽然采访之前已经对赵鲲的简历有所了解，但真正与他见面交谈之后，发现这些简单的文字远远不足以概括他。赵鲲的作品内容广泛，读他的诗，上一秒还沉浸在对现实的嘲讽中，让人感同身受血液沸腾；下一秒又进入深邃的过去和历史人物对话；忽而又来到广阔的天地间，看星空、月光，纯情浪漫。那些被我们忽略的身边的事物，不论多么微小，赵鲲总能发现它们，并用诗歌将它们表现出来。对同一事物，他也常有不同的感受，譬如在他的笔下，时而说月光"清透纯洁"，时而感叹"长时间望着满月/你会发疯"，时而又说"没有什么事实或言语/能改变这月色的有情/或无情"。赵鲲还是电影爱好者，他的诗句中时常有电影镜头般的画面感。春天、月亮、天空、风、云是他诗歌中出现最多的意象——当然还有人，一个五味杂陈时常飘忽着死亡阴影的人的世界。他心怀美好，情感细腻，仿佛活在诗歌的世界里纤尘不染。

"我很喜欢看杀手电影"，这话从赵鲲口中说出，多少让我有点意外，但读了他的《killer》，让人不禁想起很多经典的杀手电影，与其说它暗示着诗人内心的某个侧面，不如说"杀手"这个身怀绝技、一击必杀的形象更加吸引赵鲲，他的诗跟他的人一样，总是出其不意，外表平静却暗潮汹涌。

沉静安稳

赵鲲说话时没有拖沓冗长的语言，但一字一句都很精炼得当，他似乎不愿用太过华丽繁复的辞藻包装自己，他的随性更像是一种对事物的"参透"，让这种"无所谓"变得独具魅力。赵鲲出生在一个文艺家庭，他16岁时便开始写诗，古典文学基础深厚，却也读了很多外国诗歌。今年只有 40 岁的赵鲲,让人感到有种超乎他年龄限制的文学底蕴。

2016 年年末,一向未曾发表诗作的赵鲲出版了自己的诗集《待春风》(长江文艺出版社)——看,他就是如此地热爱春天,就连诗集的名字也与春有关。他说他青春期时偏好悲秋,后来心境变了,最喜欢初春的感觉,越觉得人生苍凉,便越觉得春天美好。这部诗集的显著特点之一,是既有新体诗又有旧体诗,这在当今诗坛似不多见。赵鲲说他喜爱古典诗词,也喜欢现代诗,这对他来说是很自然的诗,他的眼中只有好诗、坏诗。"现代诗是无法之法,没有什么标准,目前中国的现代诗还远未成熟。旧体诗可以借鉴古人,但不是照搬。写好诗歌除了天赋,古典文学的基础也要有,否则达不到继往开来的程度。古典诗词太完美了,现代诗还远远不够完美,所以我想好好地试验现代诗。"听赵鲲论诗,我的心境也变得诗意了很多。

谈及现代人对于文学的态度,赵鲲轻叹:现代人的精神、文化越来越轻,文学作品缺乏格局和重量,这是大环境问题。当我问及对本地诗歌氛围的认识时,他说:诗坛、文坛,普遍是虚幻的热闹。当我问他,对于诗歌的未来除了有担忧,有没有感到一种使命感或责任感,想要呼吁些什么来拯救它?赵鲲却只用微笑回答了我。虽然没有得到明确的答案,但我的内心不知为何竟有些庆幸,若是他与我大谈特谈诗歌的未来和远景,那么他那洒脱随性的诗人形象,或许在我的心中将不复存在……

诗人、学者

赵鲲的诗歌大多隐晦而尖锐,思想带有批判性,但这并不妨碍他诗句的优美。诗歌创作，文字和精神缺一不可。赵鲲说真正的诗人应追求无限，广泛学习，不要为自己设置一个界限，同时内心也要有历史感和现实忧患意识，精神品质不够，成不了诗人，最多只是诗匠。谈到诗歌语言，他认为现代诗的语言必然是书面语和口语的结合，他反对以"口语诗"为旗帜——他反问我：你的日常口语中，会用到成语，成语不就是书面语吗？什么是口语？

　　读过赵鲲的诗集，我发现他两首写阮籍的诗：《咏阮籍》《致阮籍》，刚好一首旧体，一首新诗，问及原因，他说：就是和阮籍的共鸣，这种共鸣是一种孤独感，但那是青春期的作品，青春期的孤独感，当孤独感比你强大时，就会写出那样的诗，现在即便流露孤独，也不是这样的写法了。我问："诗是不是对情感的发泄？"他说，诗写出来，就是对诗人情感的宣泄，但这种宣泄不能只对自己有意义，还要对他人产生情感的慰藉——"人可以不写诗，但是要有一颗诗心。"对于赵鲲来说，写诗从来就不是刻意为之，而是一种灵魂的涌动。我问："你是不是不太在意跟别人切磋诗歌？"他说："如果有人找我切磋的话，我当然没意见。"

　　诗人内心较常人更加敏感丰富，初春时节万物复苏，于是他爱上了冰雪消融后的美好；月满月缺，古人咏月的诗句很多，他却总能写出传统诗歌中没有的意味。在赵鲲看来，满月代表的不止是花好月圆这么简单，而是一种理想、一种精神状态，但长久地望着满月又是一种特殊的状态，甚至会发疯。赵鲲不想现在就将自己诗歌风格定位，他以后的诗作风格还会不断地变化，仍要继续向未知的领域走下去。他说："吸收、融合，是一条无尽的路，所谓'现代'，就是最大限度的综合。"在我看来，他就像一个从古代翩翩而来的旅者，将心中满载的传统文化与现代艺术融合在一起，用诗歌表达出来。赵鲲特立独行而又翩然洒脱，透过他的诗歌，我们领略到了他内心世界的精彩——我们突然意识到，他不仅是一位诗人，更是一位学者。

载《天水晚报》2017 年 3 月 23 日版